ホームランドの政治学

——アメリカ文学における帰属と越境

小谷 耕二 編

開文社出版

目次

序文

小谷　耕二

本書は「ホームランド」を一つのキーワードとしてアメリカ文学を論じたものである。「ホームランド」という言葉がアメリカにおいて注目されるようになったのは、二〇〇一年の九・一一同時多発テロの直後にブッシュ（父）大統領が上下両院合同本会議において「ホームランド・セキュリティ」に言及し、その二年後国土安全保障省（The Department of Homeland Security）が創設されるに至ったプロセスにおいてとのことである（川久保 二〇一一）。これは「対テロ戦争」の政策が策定・施行されていくプロセスであり、「ホームランド」はテロや外敵の脅威から国土を守るという文脈で用いられていたことになる。ここに見られる「ホームランド」意識の高まりが、現在のトランプ政権のメキシコ国境の壁建設やイスラム系移民の排斥という政策志向にまで持続しているのはあきらかであろう。アメリカだけではなくヨーロッパにおいても、移民・難民問題を一つの契機としてフランスやドイツでは排外的主張を掲げる極右政党が勢いを増し、イギリスではEUからの離脱問題が混迷を深めている。その一方で、人や物や情報のボーダーレスな流通・拡散は盛んに行われており、「ナショナリズムとグローバリズムとが、すなわちネーション（国民・民族）のアイデンティティへの愛着と経済・政治・文化の総体的なグローバル化が、ともに深まり、伸展」するという「たいへん奇妙な世界」（大澤ほか 三）が現出している。そこでこうした状況を念頭に置いたうえで、「ホームランド」を一つの視点としてアメリカのナショナル・アイデンティティの形成、変容、解体、再構築といったプロセスにどのような政治性の力学が作用しているかを、文学作品および映画をとおして検討してみようというのが、本書の基本的な趣旨である。

ところで「ホームランド（homeland）」という言葉は手元の辞書（*Webster's New World Dictionary*, Third College Edition）では次のように定義されている。

1. the country in which one was born or makes one's home

2. a country or region into which people of a specified group have relocated or may relocate, regarded as their ancestral land

日本語で言えば「生国、母国、故国・故郷」や「移民たちの祖国、父祖の地」といった意味になるであろうが、移民の国アメリカを「ホームランド」との関係において捉えようとすると、そこにはアメリカの成り立ちに関わる、「ホームランド」という言葉の曖昧さないしは多義性の問題が見えてくるように思われる。アメリカ人にとって「ホームランド」には上述の簡略な定義の奥にもっと深い複雑な含意があるのではないかと思えるのである。

『ホームランド——地理から見たアメリカの文化と場所』（*Homelands: A Geography of Culture and Place across America*）という本の序文で、共編著者のリチャード・ノストランドとローレンス・エスタヴィルは「ホームランド」を構成するものとして五つの要素——民族・居住民（a people）、場所、場所との結びつき、場所の支配、そして時間——を挙げている。彼らによると、このなかでもっとも重要なのは場所との結びつきであり、それは「民族・居住民が自然環境に適応してそこに文化的刻印をのこし、それが自然環境と文化的風景の両方から深い場所の感覚をつくりだすときに生じるものである」（ノストランドとエスタヴィル xix）。そしてその結びつきが生まれるには時間の経過が必要であり、またそれは所有による場所の支配によって容易になるという（xx–xxi）。この場所との結びつき、場所にたいする愛着や忠誠心は、共通の出自や言語、慣習や生活様式に裏づけられており、自分が帰属する国家がそうした共通性を基盤として歴史的にいわば自然発生的に形成されてきた場合は、それこそ自然にその国家にたいして向けられるものであろう。ところがアメリカの場合は、それがかならずしもアメリカ合衆国という国家に向けられるとは限らないのである。

実際ノストランドとエスタヴィルの『ホームランド』は、その原語のタイトルが複数形（homelands）となっていることからわかるように、アメリカ国内の一四の地域を対象としているのであって、国家としてのアメリカを「ホームランド」として扱っているわけではない。またマイケル・ウォルツァーは『アメリカ人であるとはどういうことか』のなかで、アメリカ人が自国のことを父祖の土地という意味で「祖国」（patrie）や「母国」（motherland）と呼んだことは一度もないと明言している（ウォルツァー　三八）。川久保文紀はここに「アメリカに渡ってきた多くの移民が、アメリカの国土を、土地に対する愛着と紐帯をもつという意味での「ホームランド」と認識しているのかという根本的な疑問」（川久保　一〇六）が存在していることを指摘している。国家としてのアメリカが「ホームランド」なのか、それとも父祖の祖国が「ホームランド」なのか、という問題がここには横たわっているのである。

これはアメリカのナショナル・アイデンティティのありように直結する問題である。大澤真幸は、「国民」「民族」「国家」といった日本語の訳語が与えられる「ネイション」(nation) の概念は厳密には定義不能としつつも、ネイションが成立するには二つの条件が必要だと述べている。一つは、それが「生活様式の共通性に基づく自生的な単位である」こと、もう一つは、「直接の面識関係やその集積をはるかに超えたコミュニケーションの範囲を覆っていること」である(大澤ほか 一九)。前者が意味しているのは、「ネイションが全的に意識的な作為の産物であることはなく(中略)それゆえネイションは、歴史の展開のなかで自然発生したそれぞれに特殊な伝統によって自身を外部から区別する共同体」だということである(一九)。後者は、ベネディクト・アンダーソンがネイションを「想像の共同体」と呼んだ事情を指しており、「どんなに小さなネイションでも、メンバー同士が互いをよく知っているということはなく(中略)互いに直接の関係をもたないメンバー同士が、命懸けの同朋意識をもつようになった」共同体だという意味である。そこでは「面識圏を大幅に超えたコミュニケーションの拡がり」によって、ネイションが「まるで一つの包括的な世界であるかのように、つまり疑似普遍的な領域として現出」することになる(一九―二〇)。この見方をアメリカに適用すれば、ネイションは共通の出自や言語、慣習や生活様式にもとづいた「民族」と、自由や平等、共和主義といったアメリカの建国の理念、共通の規範にもとづいて形成された「国家」の二つに区分されることになるだろう。そしてアメリカ人はいやおうなくその区分を自身のなかに宿さざるをえない存在だということになるだろう。つまり、アメリカのナショナル・アイデンティティは、基本的に二重性を帯びており、○○系アメリカ人という呼び方の「系」の前に力点が置かれるのか、後ろに置かれるのかで、「ホームランド」の捉え方や色合いが変化するように思われるのだ。

加えて、現在のグローバリゼーション下での国境の揺らぎの問題もある。ポール・ジャイルズは『アメリカ文学のグローバルな再地図化』（*The Global Remapping of American Literature*）において、アメリカ文学とフィジカルな地理的空間がどのように関連し、その関係がどのように展開してきたかを論じている。そのおおまかな見取り図によると、アメリカ文学がアメリカの領土とぴったり重なっていたのは一八六五年から一九八一年までの時期で、それ以前の植民地時代と共和国初期の時代は領土がまだ無定形で不安定であり、そのことがアメリカについての言説やアメリカン・アイデンティティの地位や権威につきまとう不安定さとパラレルをなしていた。一方、一九八〇年代以降、グローバルな為替市場の成立や、一瞬のうちに資本の移動を可能にする情報技術の発達などにより、アメリカはトランスナショナリズムの時代を迎える。そこでは地理的な場所と文化的アイデンティティの関係が変化し、領土に支えられた国民国家とは異なる、脱領土化した国民国家とでもいうべき事態すら出現しているという（ジャイルズ　一―二五）。アメリカのナショナル・アイデンティティを支える基盤そのものが変容してきているというのである。

アメリカのナショナル・アイデンティティが抱えるこうした問題を考慮に入れれば、「ホームランド」という視点からアメリカ文学を考察するという試みにはそれなりの意義と拡がりを認めていいのではないかと思う。かつてアメリカに移り住んだ移民たちは、後にしてきた祖国に懐郷の念を抱きつつ、アメリカに新たな「ホームランド」の夢を不安とともに投影していたことだろう。そこではみずからの出自とアメリカ人としてのアイデンティティ形成とのあいだでの葛藤が渦巻いていたに違いない。またさまざまの異文化間の軋轢や同化のプロセスのなかで、排除と包摂の力学も作動していたはずである。こうした点をはじめとして「ホームランド」という主題は、広い意味での「ホーム」という空間、境界・帰属・越境、ディアスポラ、ネイティヴィズム、トランスナショナリズム、複数言語などの問題群に密接に関わってくるものであり、「ホームランド」そのものが辞書的定義の奥に思いのほか広い世界をたたえているのである。

本書で取りあげたのは、ソロー、トウェイン、フォークナー、カレン・テイ・ヤマシタ、ギレルモ・ヴェルデッキアといった作家たち、それにH・G・ウェルズの流れをひく侵略文学とSF映画などである。したがってアメリカ文学のほんの一部をカヴァーしているにすぎない。また、「ホームランド」の多義的拡がりに鑑みて、執筆者のあいだで「ホームランド」をどのように捉え論じるかについて意思の統一を図っているわけでもない。その意味でものたりなさを感じる向きがあるかもしれない。本書の当初の趣旨がどれだけ達成されているかは読者の判断に委ねるしかないが、ただ各論考は上述の問題群にそれぞれの視角と方法論から果敢に迫っている。「ホームランド」からアメリカ文学を読むことの可能性の一端は示しえたのではないかと考えている。

なお本書の構成については、「ホームランド」という主題のもつ問題点や可能性の見取り図をいわば「現在形で」提示しているのではないかという判断から岡本論文を巻頭に置き、つづいて時代順に作家論・作品論を配列し、最後にSF映画を対象にした異色の高野論文で締めくくっている。従来の「アメリカ」「文学」の枠組みを逸脱しているところもあるが、むしろそのことが「ホームランド」にまつわる現況、トランスナショナル的であるのみならず、「トランス・ジャンル」的な様相を示唆しえているとするならば幸いである。

引用文献

Giles, Paul. *The Global Remapping of American Literature*. Princeton: Princeton UP, 2011.

Nostrand, Richard L. and Lawrence E. Estaville. Eds. *Homelands: A Geography of Culture and Place across America*. Baltimore: The Johns Hopkins UP, 2003.

ウォルツァー、マイケル（古茂田宏 訳）『アメリカ人であるとはどういうことか　歴史的自己省察の試み』ミネルヴァ書房、二〇〇六年。

大澤真幸、塩原良和、橋本努、和田伸一郎『ナショナリズムとグローバリズム　越境と愛国のパラドックス』新曜社、二〇一四年。

川久保文紀「「ホームランド」としてのアメリカ　言説分析を中心として」『中央学院大学法学論叢』二一（一）、二〇〇七年。

パフォーマンスによるボーダーランドの再地図化
——アメリカン・ホームランドの辺境における観測

岡本　太助

はじめに——ボーダーランドの（再）地図化、アメリカ文学の再領土化

トランプ大統領の誕生を機に、アメリカ合衆国とメキシコとの国境をめぐる緊張が高まりを見せ、また二〇〇一年九月一一日の同時多発テロ以後顕在化したホームランド・セキュリティに関する不安は、「ホームランド」としてのアメリカのイメージそのものに揺さぶりをかけている。ウナ・チョウドリ（Una Chaudhuri）が指摘するように、リアリズム文学の伝統においてホーム の概念は「帰属意識と異境生活（belonging and exile）」の絶妙なバランスのうえに成

立してきた（一二）。今いる場所がホームということもあれば、異境のふるさとをホームと呼ぶこともあり、またはその中間のどこかに身を置いて暮らす人々も数多くいる。つまりホームやホームランドとは、本来単純な二元論では割り切れないはずのものなのである。しかし現在のホームランド言説は内と外の明確な区別に依拠し、アメリカ全体を外敵の侵入から保護された閉鎖空間、あるいは要塞化した巨大なゲイティッド・コミュニティへと変えかねない危うさをはらんでいる。作家のサルマン・ラシュディ（Salman Rushdie）は「想像上のホームランド」（"Imaginary Homeland"）と題されたエッセイにおいて、「自分の属するコミュニティの外に世界が広がっていることを忘れ、境界線で区切られた狭い文化の中に閉じこもってしまうと、南アフリカで「ホームランド」と呼ばれるような国内追放（internal exile）状態に進んでわが身を置くことになりはしないだろうか」（一九）と述べている。この視点から見ると、現代のホームランド・セキュリティに対する不安とは、ホームランドとして想像されたアメリカ国内に存在する異境としてのもうひとつのホームランドに対する、集合的無意識のレベルで生じる不安であるのかもしれない。

ややや図式的にまとめると、現在起きているのは、いわば「アメリカ」の再定義であり、アメリカの地図の描き直しである。あるいはこれを、アメリカの内と外、ホームランドと異境とを隔てる境界でありまたそれらの間に存在する中間地帯でもあるボーダーランドの地図作成と呼んでもよい。ただしこれについては二点注意が必要である。ひとつは、ホームランド言説が主に境界の内側からの視点でなされるのに対して、ボーダーランドの地図化は境界の外に置かれた人々の立場からなされるということである。もうひとつは、国家や国民を単位とし地理的に画定される内と外の二元論のうえに立つホームランド言説とは異なり、ボーダーランドの地図化は、境界の流動性や可変性を前提とし、国民国家の枠組みを超えた移動やつながりを重視するという点である。公式のホームランド言説が政治的リアリズムの産物であるとするならば、ボーダーランドの地図化とは文学的想像力の賜物であると言える。しかしながら、政治と文学が互いに独立したものであるとは考えられないため、この単純すぎる二分法も慎重に吟味する必要がある。

メキシコとの関係をめぐるトランプ政権の施政方針を端的に示す事例としては、国境沿いの壁の建設と、アメリカ、メキシコ、カナダのあいだで交わされた一九九四年発効のＮＡＦＴＡ（北米自由貿易協定）からの離脱というふたつのプランを挙げることができる。ＮＡＦＴＡ発効と同じ時期の一九九六年公開の映画『インデペンデンス・デイ』（*Independence Day*）の筋書きは、国家安全保障を脅かすエイリアンの侵攻に大統領が強力なリーダーシップを発揮し立ち向かい、これを撃退するというものである。時期的に見ても、ここに反ＮＡＦＴＡのプロパガンダを読み取ることは難しくない。だが興味深いことに、同じローランド・エメリッヒ（Roland Emmerich）監督による二〇〇四年の『デイ・アフター・トゥモロー』（*The Day After Tomorrow*）の結末では、急激な寒冷化により北米を含む高緯度地域が凍結し、メキシコがそれまでの借金を帳消しにすることと引き換えに合衆国からの難民を受け入れる。折しもアル・ゴアによる環境保護活動が世界的な注目を浴びているさなかのこと、再選を見据えるブッシュ大統領の動向とエメリッヒの作風の変化が連動しているというのは深読みしすぎだろうか。さらにギレルモ・デル・トロ（Guillermo del Toro）監督による二〇一三年の映画『パシフィック・リム』（*Pacific Rim*）になると、太平洋の海中から出現し沿岸各地に襲いかかる怪獣に対抗するべく、海岸線に防衛のための巨大な壁が造られ、原子力機関を搭載した巨大ロボットが建造される。日本の特撮映画やロボットアニメへの偏愛が随所に散りばめられたこの映画は、現実世界では遅々として進まないＴＰＰ（環太平洋パートナーシップ協定）の協議を尻目に、環太平洋地域の協力関係が一足早くフィクションの中で実現してしまった例である。

こうしてあらためて時系列に沿って並べてみると、これらの映画はアメリカについてのひとつながりの物語を形成しているように思えてくる。だがこれはアメリカという国家の枠組みで物事を見ているせいである。パフォーマンス研究者のダイアナ・テイラー（Diana Taylor）の言を借りるならば、ここに我々が見て取るのは「同時多発的でごちゃまぜになったエピソード」のつながりでしかなく、必然的に思えるそのシナリオが実は偶発的であることを正しく認識するためには、より広域的な視点から「半球的関係（hemispheric relations）」を読み取る必要がある（二七四）。国境に縛られない西半球アメリカ研究を提唱するキャロライン・レヴァンダー（Caroline F. Levander）は、アメリカ、ラテン・アメリカ、西半球といった地理的区分は「発見された」というよりは「発明された」ものであると述べる（レヴァンダー&レヴァイン 四）。境界を定めることにより、それまで存在しなかった「アメリカ」が概念として立ち上がってくるのと同じように、アメリカ文学もまたその境界線を引き直すたび、いわば再領土化され実体を付与されるのである。レヴァンダーは国民国家という枠組みを否定するのではなく、それを「流動的で、変化し続け、本質的に偶発的な」ものとして捉え直すことを要請しており、アメリカ文学の概念的モデルについても、ひと握りのアメリカらしい作家や作品を中心とする同心円から、様々な場所のうえに広がる「ネットワーク」へと切り替えるべきであると主張している（レヴァンダー 七―九）。ボーダーランドにおけるアメリカ文学の再地図化とは、つまるところこのような概念枠の拡張あるいは拡散である。国境を自明視せず、大きな広がりやつながりというコンテクストに置くことで、「アメリカ文学は我々の眼前で雲散霧消し、他の伝統や文学の中へ溶けこんでしまう」（レヴァンダー 二〇）ように思える。

アメリカ文学の脱領土化と再領土化とも呼ぶべきこうした概念枠の再構築を、ポール・ジャイルズ（Paul Giles）は「アメリカ文学のグローバル・リマッピング」と呼んでいる。ジャイルズは「惑星的なコンテクストにおいてアメリカ文学を再定位する」ことで、「従来の認識論的枠組みに挑戦する」ことを目指す（一七九）。「近くと遠くを並置し、視差（parallax）の理窟にしたがってこの分野［アメリカ文学研究］の地図を描き直す」（ジャイルズ 二六六）というように、アメリカ文学の再地図化は、認識論つまり物事の「見え方」に関わる研究方法である。テイラーやレヴァンダーと同じように、ジャイルズもまたアメリカ文学史の持つ「偶発的」性質に注目しているが（二六七）、従来の研究においてその偶発性が見過ごされてきた原因の一つは、特定のテクストに内在する意味を掘り起こすような読み方、つまり「精読（close reading）」の伝統にあるとも指摘している（二一四）。これもやはり見え方、より正確に言えば読み方にまつわる問題である。文学作品の精読に対して、レヴァンダーはフランコ・モレッティ（Franco Moretti）が提唱する「遠読（distant reading）」の重要性を唱えている（レヴァンダー 一四）。モレッティはジャイルズ同様に、ごく一部の文学作品を正典として奉りそれを精読するという方法が、文学や文学研究の現状と合わなくなっていることを問題視し、今考えるべきなのはテクストを「いかにして読まないか」であるとして、次のように述べる――「もう一度繰り返すが、遠読においては距離が知の条件である。それによりテクストよりもはるかに小さな、あるいははるかに大きな単位に着目することができるようになる。つまり修辞的技巧、主題、文彩――あるいはジャンルや体系といった単位である」（四八―九）。これはつまり個別の作品を独立したひとつの対象と捉えそれに注目するのではなく、作品を取り巻くあらゆる状況やプロセスを周辺視野に捉えるようにして作品を「見る」ということである。モレッティはさらに、これらの外的な事情が実際にはテクストの中に埋め込まれていると考える。より正確に言えばそれらは作品の「形式」の中に埋め込まれており、遠読は、その形式のうえに生じる「割れ目」を手掛かりに、テクストの歴史的・社会的文脈を再構成するのである（モレッティ五八―九）。

以上のように、本論ではボーダーランドの再地図化という観点から、アメリカ文学におけるホームランド言説のはらむ偶発性およびそれに伴う境界線の可変性について考える。特に、こうした問題がすべて物事の見方や見え方に関わるものである点に鑑みて、「見る／見える」という現象が重要な意味を持つ演劇ジャンルを中心に検証を進める。ただしここでは、誰が誰を見ているのかということを明らかにしておかなければならない。冒頭でも述べたとおり、ボーダーランドに向けられるまなざしは、ホームランドの内部ではなくその外部に生きる人々のまなざしである。次節からは、アルゼンチン出身カナダ在住の劇作家・役者であるギレルモ・ヴェルデッキア（Guillermo Verdecchia, 1962–）の作品を手掛かりに、アメリカとその外部の中間地帯であるボーダーランドの住人の側から見たアメリカン・ホームランドの姿を描き出してみたい。

一　移動と身体を介したリマッピング

一九六二年、アルゼンチンのブエノスアイレスに生まれたギレルモ・ヴェルデッキアは、二歳の時にカナダのオンタリオ州に移り住んだ。長じて劇作家として数々の賞を受賞する一方で、役者としても活躍してきた。まずここでは短編小説集『市民スアレス』（*Citizen Suárez*, 1998）を手掛かりに、ヴェルデッキアの伝記的背景を整理しておきたい。同書所収の自伝的短編「市民スアレスのいくつかの人生」（"The Several Lives of Citizen Suárez"）は、市民権取得にまつわる移民家族の葛藤を描いている。主人公である一三歳の少年フェルナンドの家族は間もなくカナダの市民権を得るのだが、フェルナンド自身はカナダ人にはなりたくないと思い、国民でも外国人でもない中間の身分に憧れを抱いている。それはカナダの移民法が定める「永住許可移民（landed immigrant）」という身分である。

「ランディッド（landed）」という部分が特にお気に入りだった。ランディッドとはつまり、忘れ去られた王女の名前がつけられた老朽船でヨーロッパを発ち、暗く冷たい大西洋を渡り南アメリカに向かった彼の祖父のように、危険な船旅を終えて無事陸地にたどり着いたという意味だ。ランディッド、つまりコロンブスのように、バルボアのように、カボットのように、アームストロングのように、カルティエのように、ピルグリムのように、アフリカ人のように。もっともアフリカ人は移民ではなく奴隷だったのだが。（三八）

このように、「ランディッド」ということばのうえに、土地と定住のイメージと海と移動のイメージが対比的に投影されるのみならず、自分の祖先の経験が、別の場所・時代・状況において繰り返されてきた同種の経験と並置されている点に注目したい。つまりヴェルデッキアの語り口によって、本来関わりのないはずの物事が文脈を超えて結びつけられるのである。分かりやすく整理すると、この短編では、陸地は人々を固定し国民としてのアイデンティティを付与するもの、逆に海は移動のプロセスやアイデンティティの不確定状態を表すものとなっている。フェルナンドの寝室の描写にも、「ボートの絵柄のベッドシーツ」、「窓」、「北極星」など、夢の世界や未知の領域への旅を想起させる小道具が配置されているが、「ほとんど星が出ないこのあたりの夜空は、解読不能だ」という心理描写には、地図もコンパスもなしに見知らぬ土地に放り出されたフェルナンドの不安が表されている(三六)。

フェルナンドはまた自分を「ふたつの陸地が浮かぶ温かく澄んだ水域」に喩える。

海中の水流が彼の骨とニューロンに囁きかけ、混ざり合い、驚くべきキメラを産み出した。誰の目にも、フェルナンドはクレストビュー公立中学の生徒のひとりとしか映らなかった――(……)だが分光器(あるいは他のエセ科学実験器具)を使うと、ふたつの心臓、二枚の舌、ふたつの記憶の存在が明らかになった。(……)カナダの市民権を受け取ってしまえば、(……)偶然生じたそのふたつの世界のあいだを自由に行き来すること

ができなくなると彼は思ったのだ。（六〇）

つまりフェルナンドは、移動の経験をその舞台となった海ともども体内に取り込み、自らのハイブリッドな存在様態の怪物性や異質さを再確認することで、自分の身体とアイデンティティをリマッピングするのである。内臓が他者のものであるかのように感じられ、感覚器官が常に「今ここ」にはない音や匂いにファイン・チューニングされる一方、体表面そのものがふたつの世界を分離しつつまたそれらを結びつけるボーダーと化す。言うなれば、フェルナンドはそうした二面性や決定不可能性の支配するボーダーランドの住人となることを、自ら選び取るのである。

この短編小説は、作者がボーダーランドの住人となるまでの経緯を概ね事実に即して記録しているが、その一連の経験を省みる作者の視点が独特であるためか、全体的な印象としては寓話やファンタジーのような手触りがある。だが当然ながら、ヴェルデッキアが自分の置かれた環境を「見る」一方で、彼は異質な存在として他者から「見られ」てもきた。そこで重要になるのが色のイメージである。「市民スアレス」では、移住して初めて迎えた冬について語る際に、降り積もる雪とその白さが陰鬱で抑圧的なものとして描かれている。特に雪が降ると「足音も話し声も生活音も聞こえなかった」（四一）とあるように、白さは生命力の欠如をも表象している。同書に収められた別の短編「世界の果てに冬が来る」（"Winter Comes to the Edge of the World"）でも、クリスマス・イブにカナダに到着した人々の顔に雪が「侮辱するように」吹き付け、彼らは「世界の果てに島流しになった」かのように感じる（一一三）。政治的抑圧を逃れてきた彼らにとって、カナダは生命の安全を保障してくれる場所のはずだったが、彼らが実際に目にするカナダの風景は一面灰色がかった白に覆われ、敵対的でよそよそしいものとして立ち現われる。何よりも、カナダを外部から見た際に思い浮かぶであろう白い雪景色は、そこに移り住む人々の異質さを目立たせる背景幕としても機能するのである。つまり白さは命の危険を示すサインとなるのだ。

また別の短編「銀行預金」（"Money in the Bank"）では、役者である語り手がオーディションを受けるのだが、彼はメイクをする際にふとした疑問を抱く。

> 僕はコックの衣裳に着替えメイク室に向かう。そこで褐色に塗られる。そんなはずはないと思うが、やっぱりそうだ、鏡に映る僕の顔が褐色になっていく。褐色が悪いとは言わないが、褐色が欲しければ褐色の役者を雇えば済むと思わないか。なぜそんなに濃い

ドーランにするのかってメイク係に聞いたら、「あなたはコックの役でしょ？　ラティーノのコックでしょ？」と彼女は言う。（八七）

フェルナンドが周囲に溶け込むために演技し自分の色を隠そうとしたのとは逆に、この語り手は自分ではない誰かを演じることによって、「ラティーノのコックといえば褐色の肌」という、メディアに蔓延するステレオタイプを助長するはめになる。だがこれも生活のためには仕方のないことであり、いずれの場合もアイデンティティを擬装することと敵対的な環境で生き延びることとが分かちがたく結びついている。こうしたカラー・コーディングは、人種間・民族間で生じる抑圧や搾取の関係性を表象するものだが、ヴェルデッキア作品では、そうした関係性が地理的特徴や気候風土といった、人間を取り巻く環境に投影され、またその外的環境が人々の内面つまり彼らの心理状態に投影されもする。自分という存在に対する個人的で内的な意識が、外部から向けられるまなざしによる認識と衝突するとき、身体の表面はひとつのボーダーとして可視化され、こうした双方向的なプロジェクション・マッピングのためのスクリーンとなるのである。

レイチェル・アダムズ（Rachel Adams）が指摘するように、多くの移民文学やマイノリティ文学の主人公と同じく、フェルナンドは、複数の場所やグループに帰属しながらそのいずれにも定住できない「ハイフン付の人物[1]」である（三一九）。ヴェルデッキアも彼の小説の主人公も厳密な意味ではラティーノではないのだが、「故郷に近すぎて、故国とその文化を捨て去ることができない」一方で、異境に身を置くことで初めて故郷について書くことができるラティーノ作家にとっては、ハイフンが特殊な意味を帯びる（ショリス 三八二）という指摘を考慮するならば、ヴェルデッキアもまた広い意味でのラティーノ作家と呼んでよいかもしれない。比較のために別の例を挙げれば、先に言及したダイアナ・テイラーは、カナダ生まれのメキシコ育ちでニューヨーク大学で教鞭をとるという、ある意味NAFTA時代を体現するような経歴の持ち主だが、北米地域の経済的境界をなくすことを目指すこの地政学的モデルは、自分の経験とは合致しないと感じている。カナディアン＝メキシカン＝アメリカンである自分はそのどれかひとつにではなく、そのすべてに同時に属しているという彼女にとって、ハイフンは可能性を制限するものではなく、むしろそれを増幅するものであり、こうした「自己同一性のオバーフロー」状態はきわめて肯定的に捉えられている（テイラー xv）。テイラーの立場もまた、広い意味ではラティーノ的である。

ここでヴェルデッキアをラティーノ作家と呼ぶべきだと考えるのは、カナダにいながらにしてカナダ以外のことを書くそのスタイルが、ラティーノをはじめとする多くの移民やディアスポラの作家に共通して見られる傾向だからである。アダムズが言うように、そもそもヴェルデッキアが自身の移民体験をフィクションとして書き綴ることができたのは、カナダという場所が与えてくれる安全や快適さのおかげである（三一九）。「世界の果てに冬が来る」の登場人物のように命からがらカナダに逃げてきた者にとって、故郷に置き去りにしてきた恐怖は、いまだ口にするのもはばかられるほど生々しい――「彼女は繰り返す――カナダ。あなたは安全。ここなら彼らは手出しできない。カナダ。あなたは安全。ここなら彼らは手出しできない。彼女は自分に言い聞かせる――ここには街中を巡回するファルコン[2]はいない。収容所もない」（一二二）。対象からの距離によって保護されているとはいえ、遠い故郷について書くということは、良くも悪くもある経験や記憶を今いる場所に運んでくることでもある。それはサバイバルの手段であると同時に、危険や脅威を呼び寄せ、サバイバルを阻害するものともなりうる。あるいはこれを、頭で理解していること（「あなたは安全」）と身体的反応（恐怖や不安）とが一致しない状況と考えてもよいだろう。移動と転位にともない生じるこうした両義的状態を本論ではボーダーランドあるいはボーダー状態と呼んでいるわけであるが、そこで時間的空間的に遠く離れた二点間につながりを生じさせるものは、移動し、浮遊し、揺れ動く身体に他ならない。もうひとりの著名なギレルモであるチカーノのパフォーマンス・アーティスト、ギレルモ・ゴメス＝ペーニャ（Guillermo Gómez-Peña, 1955– ）にとって、「ボーダーはもはやいかなる地理的場所にも固定されてはいない」のであり、さらに彼は「ボーダーを持ち運び、行く先々で新しいボーダーを見つける」と述べている（五）。ギレルモ・ヴェルデッキアもまた、持ち運び可能なボーダーとしての身体を介して、自らの生きる場所の地図を描こうと試みている。次節からは、ゴメス＝ペーニャとの比較もまじえながら、ヴェルデッキア劇におけるボーダーランドの再地図化を検証する。

二 『ニュー・ワールド・ボーダー』と演劇のボーダー化

本論冒頭ではトランプ政権下でのアメリカのＮＡＦＴＡ脱退の可能性に言及したが、演劇とステージ・パフォーマンスの分野では、既にＮＡＦＴＡ発効に相前後して、ふたりのギレルモによるボーダーランドの再踏査が試みられていた。ひとつは作者自身が「ポスト・メキシカン文学ハイパーテクスト」（ゴメス＝ペーニャ ii）と形容するギレルモ・ゴメス＝ペーニャの作品集『ニュー・ワールド・ボーダー』（*The New World Border*, 1996）と、特にそこに収められた同名のパフォーマンス・ピースであり、もうひとつはギレルモ・ヴェルデッキア作・主演の一九九三年初演の一人芝居『フロンテラス・アメリカナス』（*Fronteras Americanas*）である。両作品にはテーマや形式の面で共通点が多いが、直接に影響関係があったという証拠はない[3]。むしろここではテイラーが言うような「同時多発的」現象として、これらの作品を比較してみたい。まず『ニュー・ワールド・ボーダー』についてポイントをまとめてみよう。

架空のラジオ番組の生放送という設定の『ニュー・ワールド・ボーダー』では、NAFTA以後の世界と並行関係にある別の未来が幻視される。以下はゴメス＝ペーニャによる序盤でのモノローグからの引用である。

> 旧ソビエト圏での嵐のような変化の余波として、グリンゴストロイカ（gringostroika）の風が私たちの大陸の隅々まで吹きわたりました。今もこれが「私たちの」大陸と言えるでしょうか？　そもそも「私たち」とは誰なのでしょうか？
>
> 地政学的ボーダーは消え去りました。自由襲撃協定（Free Raid Agreement）の発効により、翻訳不可能なソナ・デ・リブレ・コヘルシオが創られたことで、かつてカナダ、合

衆国、メキシコと呼ばれていた国々はすんなり合併して新たに合衆国共和国連合となりました。

（……）

統合の直後に華々しい効果が現れました——一般にグリンゴランディアの名で知られる合衆国は解体され単一文化のテリトリーに分かれていましたが、これらは厳しい貧困にあえぐこととなり、南部へのワスプバックの大規模移住が始まりました。主要都市はすべて完全にボーダー化しました。もはや実際のところ、トロント、マンハッタン、シカゴ、ロストアンジェルス、あるいはメヒコ・シダの間にはっきりした文化的差異はありません。どこも土曜の夜のティファナの繁華街のようです。（二七）

ロシアから吹き付ける冷たい風により北米の白人社会（グリンゴランディア、ワスプバック）が疲弊し、人々が南へと避難していくというシナリオは、どこか『デイ・アフター・トゥモロー』に通じるものがある。冷戦終結とNAFTA発効によりその実現が期待された新世界秩序（ニュー・ワールド・オーダー）は、文化的差異と地理的境界の消失による北米全域のボーダー化（ニュー・ワールド・ボーダー）に取って代わられてしまうのであり、温暖化ではなく寒冷化、北ではなく南へ向かう難民のように、実際に起こったことをきれいに反転させた形になっているようだ。地政学的ボーダーが消失する代わりに北米地域が「ボーダー化」する様子を叙述するために用いられる言葉そのものが、英語、スペイン語、さらには造語や合成語の混在する言語的ボーダーランドの様相を呈している点が興味深い。

ラティーノ演劇の文脈において眺めると、これは戦略的なパワーバランスの逆転を目指すものであるように思われる。だが果たしてそうなのだろうか。例えばアルベルト・サンドバル＝サンチェス（Alberto Sandoval-Sánchez）によると、典型的なラティーノ演劇が自らを無数の脚を持つタコのような怪物として誇示することには、化石のように硬直化してしまった白人中心のブロードウェイ演劇と対照的に生命力に溢れるものとして、自らの優位性を示そうとする狙いがある（一〇九）。しかしながら、ローリエッツ・セダ（Laurietz Seda）が指摘するように、「単数複数形」のコミュニティの創出を目指すゴメス＝ペーニャは、古いモデルに代わる新たなモデルを提示するというよりは、古いモデルと新しいモデルという分け方の根底にある硬直化した二項対立そのものを脱構築しようとしていると言える（二二七―八）。単純な立場の逆転という図式ではゴメス＝ペーニャの試みは捉えきれないようだが、いずれにしても、安定したオーダーを求めるのではなく、変化し続けるボーダーの中に生きるという選択には、右に述べたような意味での化石化を避ける意図があると考えられる。化石化されるというのは、テイラーの用語を借りれば、「アーカイヴ」化されるということである。ある経験が文字や映像や音声のデータとして繰り返しの使用・再生に耐える形で長期にわたり記録されたものがアーカイヴである。アーカイヴ的記憶が時と場所を選ばず伝達され再生されうるのに対して、特定のパフォーマンスにおける演者の身振りなどは情報としてアーカイヴ化できず、その瞬間に「その場にいる」ことが必要条件となる（テイラー 一九―二〇）。テイラーは後者を「レパートリー」と呼びアーカイヴと対置している。

このように、その場に居合わせることという意味での「プレゼンス（presence）」、あるいは直に何かを経験しているという意味での「ライヴ感（liveness）」が、化石化を回避するためのパフォーマンス戦術として重要である。しかしながら、『ニュー・ワールド・ボーダー』においては、アーカイヴとレパートリーの二項対立そのものが巧みに脱構築されることになる。例えば序盤でゴメス＝ペーニャはこのパフォーマンスが行われる会場と日時を特定し、その場所と時間にラジオの生放送を行っているという設定を観客に向かって説明する。だがそのようにしてパフォーマンスのライヴ感と観客のプレゼンスが前景化されるや否や、ゴメス＝ペーニャは続けて「これはパフォーマンスではなく、キュー出し確認のリハーサルです」（二四）と明言し、早々にライヴ感を台無しにしてしまう。『ニュー・ワールド・ボーダー』の序文において作者は、この作品には「プロットも、「キャラクター」と呼べるようなものも」なく、舞台上の演者たちは「メディア上のイメージであり、私たちの（架空の）アイデンティティのヴァーチャル・リアリティ・クローンに過ぎない」と述べ、作中でのアクションは「完全に儀式化され反演劇的」なものであると説明している（二一）。録音された台詞の多用など、演劇の持つライヴ感やプレゼンスの感覚を徹底的に異化する仕掛けを施した結果、この作品は我々が一般に演劇に期待する姿とはかけ離れたものとなってしまっている。

しかしながら実は、演劇から遠ざかる動きそのものの中に、逆説的に演劇らしいとしか言いようのない瞬間が生みだされもするのである。次の引用は、ゴメス＝ペーニャと共演者のロベルト・シフエンテス（Roberto Sifuentes）のやり取りである。

ＲＳ　カット！　カット！　芝居がかったことはやめろ、アステカ。ありのままでいろ。
ＧＰ　どういう意味だ？　俺はありのままでやってるじゃないか。
ＲＳ　パフォーマンスはやめるんだ！　台本のことは忘れろ！
ＧＰ　いいかベト・ブレヒトさんよ。このくだりはうまくいったためしがない。もう何ヶ月もそこはリハーサルをしてないし……

RS　台本のことは忘れろ！　（三二九）

これは芝居が自らが芝居であることに言及する、典型的なメタシアターの仕掛けである。演技を中断し演者が舞台で言い争いを始めたかのように見えるこの箇所は、実は依然として台本どおりの演技である。だがそうではないかもしれない、これは演技ではないかもしれない——一方ではそのような感覚も生じ、観る者を不安な気持ちにさせる。自己言及的な暴露によって演劇から距離をとろうとする身振りそのものが、かえってこれが演劇に他ならないという感覚を強めてしまうのであり、観劇における化石化した約束事がいま一度見慣れないよそよそしいものとして新たに経験されることになる。慣れ親しんだものつまりホームとしての演劇が、ホームならざるものに変容する瞬間がここにあり、そうした不気味な違和感こそが演劇という経験の根底にあるとも言えるのである。

この例からも分るように、アーカイヴ化されないがゆえにパフォーマンスはライヴ感を持ちうるという前提そのものが疑わしいのである。ライヴ感について研究しているフィリップ・アウスランダー（Philip Auslander）によれば、初期のテレビは映画ではなく演劇をモデルとしており、基本的には生放送のためのメディアだったが、後にメディアとしての力関係が逆転するにしたがい、今度は演劇の方がテレビ的なものに接近するようになっていった。その結果、今や我々は目の前の出来事に対してもテレビ番組に対するのと同じようなリアクションをとってしまうのである（アウスランダー 二五）。演劇に対する反応そのものが規格化され化石化されている、あるいはレパートリーがメディア経由でアーカイヴ化されているとでも言うべきだろうか。アウスランダーと論争を繰り広げてきたハーバート・ブラウ（Herbert Blau）もまた、メディアの介在によって演劇と役者の身体に機械複製品のような不自然さが付与されたと見ている。舞台上での身振りの一つひとつがコード化され、役者はあらかじめ用意された役柄、しかもどこにも実在しない誰かの役柄のイメージのイメージ、コピーのコピーを繰り返し演じるしかない――ブラウはそう論じる（二五四）。これはつまり徹頭徹尾メディア経由のシミュラクラでしかない「経験」を再演反復するという、ライヴからは程遠い場所へと演劇が向かっていることを示唆している。しかしながらアウスランダーやブラウの洞察の重要な点は、無限に反復可能となったかのように見える演劇におけるパフォーマンスが、実は反復のたびに摩耗し、少しずつ希薄になってゆくということである。そしてだんだんと消えてゆき、存在感が希薄になることで、かえって演劇という経験にともなう現実感は強まると彼らは主張している。

国境が消失した世界で絶え間ない変化にもまれて生きる人々は、ボーダー化した現実の中に置かれている。同様に、ジャンルの消失点に向かって推し進められた演劇もまたボーダー化し、その極限状態には確かに新しい演劇が息づいている。次節では、ヴェルデッキアの『フロンテラス・アメリカナス』を中心にさらに検証を進めるが、おそらく読者はそこで既視感に襲われることだろう。なぜならこの作品は、その形式やテーマの点で『ニュー・ワールド・ボーダー』と非常に似通っており、両者は同じ経験をふたとおりに提示する変奏曲のようなものであるとも言えるからだ。直接関係がないはずのふたつのパフォーマンスにおける同時多発的再演反復は、ボーダーに生きる経験について我々に何を教えてくれるのであろうか。

三 『フロンテラス・アメリカナス』と文化的記憶の脱領土化

『フロンテラス・アメリカナス』は一九九三年に初演、二〇一一年に改訂版が上演された。作家の分身であるギレルモ・ヴェルデッキアと、ラティーノのステレオタイプを誇張して演じるワイドロードのふたりのキャラクターを演じ分けながら、ヴェルデッキアは自分がいかにしてボーダーランドの住人となったかを語る。改訂版に追加された序文において、作家は次のように述べている。

とはいえ、私はこの劇が完結したとは思っていない。台本の内容は新版のものでほぼ確定だが、劇というものは（ボーダーと同じく）プロセスであり、モノではない。以前のように、『フロンテラス』を上演したい人は、彼らのパフォーマンスが行われる状況や彼らが暮らすそれぞれのボーダーの事情、それからもちろん月や星の配置にあわせて内容を変えてみるとよいだろう。（xv）

作家が再演に踏み切った背景には、初演から二〇年を経てなお、作品が描き出したボーダーランドの経験が様々な形で反復され改訂されうるという認識があったようだ。作品をめぐる一連のプロセスそのものが、パフォーマンスが繰り返されるたびに分裂し増殖し変異するボーダーとなっていると言ってもよいだろう。

特定の場所や時間に縛り付けられることなく変化を続けるという意味では、『フロンテラス』は脱領土化されたものであるが、それは同時に演劇としてパフォーマンスの「今ここ」に繋ぎ止められ再領土化されてもいて、ここには相反するふたつの力のあいだの緊張関係が生じている。第一幕冒頭での観客への呼びかけにも、既にそうした緊張感が漲っている。

ヴェルデッキア　始まりました（Here we are）。お揃いですね。ようやく。感動的ですね。私は感動しています。感無量です。始まりました。

プロジェクター（文字）――始まりました

さて、これは演劇ですので、私が「私たち（we）」と言えばそれは私たち皆のことで、「ここ（here）」と言えば［会場である］ヤング・センター内のソウルペッパー劇場だけでなく、アメリカのことです。

プロジェクター（文字）――地理を見較べましょう

そして私が「アメリカ」と言うとき、それは国ではなく大陸のことです。ソモス・トドス・アメリカノス。私たちは皆アメリカ人です。（一―二）

「私たち」「ここ」ということばはパフォーマンスの現場で発せられていると同時に、その直接的なコンテクストを超えたものを指し示している。ローカルとグローバルの両極が同時にこの場に召喚され視差を生み出すのだが、奇妙なことにナショナルなものとしての「アメリカ」だけがすっぽりと地図から抜け落ちている。[4]

こうして地図から消され脱領土化されたアメリカに取って代わるようにボーダーが出現するのだが、劇の後半でヴェルデッキアは、自らそのボーダーの住人となることを宣言する。

ヴェルデッキア　私はハイフン付きの人間ですが、そのせいでバラバラになったりはしません。むしろそれによって組み立てられるのです。ボーダーに家を建てているところです。他の人たち、私の子供たちなんかがそこに住んでくれたらいいと思います。

皆さんはどうですか？　途中で名前を変えたりしましたか？　あなたの一部は何十万キロも離れた場所に住んでいますか？　あなたにはふたつの国が、ふたつの記憶がありますか？　（五五）

アダムズはこれを、「今いる場所に居を構えるつもりであるという宣言」と捉え、そこには自身のルーツを追い求めることも絶え間なく移動し続けることも拒絶しようという強い意志が込められているとしている（三二七）。また右の引用の後半で舞台上から呼びかけられる観客にとっても、劇の内と外を隔てる境界は曖昧なものとなり、言うなれば自らが経験したボーダー状態を省み追体験するように促されることになる。これ自体が演劇的に作り出されたボーダー状態であるわけだが、ゴメス＝ペーニャと同じくヴェルデッキアも、メタシアター的自己言及を用いてこれを実現する――「これはひどい芝居だな。筋書きも主要登場人物もいないし。第四の壁もない。安っぽい作りだな。あんたら皆まったくの無防備じゃないか」（一四）。さらにヴェルデッキアは「自分の身に起こっていないことの記憶がある。知りもしないことを懐かしく感じる」と語るが（四七）、舞台と客席を隔てる第四の壁が崩れたことにより無防備な状態に置かれた観客もまた、自分のものではない物語あるいは他の誰かの夢や記憶に晒されるのである。こうした夢や記憶の取り違えは、個々の人間のアイデンティティを不安定にする一方で、それまで想像もされなかった別のつながり、別の存在様態の可能性を浮かび上がらせもすると言える。

劇中のヴェルデッキアは、「前衛地理学の学位」を取得し、「脱領土化された記憶の流れを地図化する、実験的地図作成」に携わっていると、自らの経歴を説明する（一五）。だがこれは彼が進んで選んだ道ではなく、ボーダー状態以外に居場所を持ち得なかったがゆえの帰結である。

ボーダーのどちら側からもお声がかかり、また門前払いをくらいました。どちら側でも聞かれたのは、「これこれをしてからどれくらい経ちますか?」、「これこれのときには何歳でしたか?」、「故郷を後にしたのはいつですか?」ということです。それはまるで地図やフライト・スケジュールや設計図の上で、魂と心と記憶の精確な座標を突き止めることができるとでも言わんばかりでした。(二九—三〇)。

カナダの星空が自身の現在位置を特定するのには役立たずであることは既に見たとおりだが、それに加えヴェルデッキアによる地図作成は、地図上に固定できない動きを地図化するというオクシモロン的な難題に直面している。高度に流動的で捉えどころのない現代世界の地図化を目論む前衛地理学の徒であるアルジュン・アパデュライ(Arjun Appadurai)によれば、移動の「出発地点」も「到着地点」も共に流動し続ける現在、それらは位置測定のための信頼のおける参照点とはならず、文化もまた特定の社会集団に固有のものではなく、「意識的な選択、正当化、表象の場」として機能するようになる(四四)。

ボーダーランドにおける前衛地理学の背景にはこうした文化的記憶の脱領土化とグローバル

な流通という現実が横たわっており、ヴェルデッキアもまた半ば強制的にその場所の地図作成に従事させられている。その反面、そこでは自分は何者であるかというアイデンティティの問いよりもむしろ、自分は何者になりたいかという主体的選択あるいは主観的希望が大きな意味を持ちうる。つまりここでは「存在（being）」から「生成変化（becoming）」への重点のシフトが起きているのであり、自作をモノではなくプロセスとして提示するヴェルデッキアの試みもまたその文脈において捉えると理解しやすいかもしれない。ジル・ドゥルーズ（Gilles Deleuze）とフェリックス・ガタリ（Félix Guattari）によれば、「生成変化は線が点から自由になる動き」であり、それゆえ「記憶に反する」ものである（二九四）。記憶は点と点のつながりによって形成され、起点から枝分かれしながら一方向に延びてゆく樹状モデルとして捉えられるものであり、時間・空間を座標によって特定し分類することができるという前提に基づいている。これに対してヴェルデッキアの地図作成においては、いかなる点からも切り離され動き回る、座標を特定できない記憶を自分のものであるかのように受け容れることが、ボーダー状態を生きるうえで重要となる。そうした転位や脱領土化の状態を、押し付けられたものとしてではなく自ら進んで選び取ることで、ヴェルデッキアはボーダーの住人へと生成変化するのである。(5)

『市民スアレス』のケースでも確認したとおり、ヴェルデッキア流の脱領土化と生成変化は主体のアイデンティティや身体のレベルにおいて起こる。ラティーノのステレオタイプを戯画的に演じるというのもそのひとつである。前述のようにワイドロードはラティーノにまつわる偏見を誇張して演じるキャラクターだが、『フロンテラス』の次のような箇所には彼の言動のパフォーマティヴな性質がよく表れている。

俺が本当のエステレオタイプ（estereotype）だったとしても、自分では気づかないだろう。あんたらに自分はエステレオタイプですとかって話をしたりしないだろう。俺が本当のエステレオタイプだったら、あんたらは俺と一緒に笑わずに、俺のことを笑うだろう。俺が本当のエステレオタイプだったら、俺の話を真面目に聞いちゃくれないだろう。でもこうやって真面目に聞いてくれてる。そうだろ？（三五）

自分はステレオタイプではないと否定することばそのものがステレオタイプを追認してしまう一方で、そのアイロニカルな状況そのものを演劇として見せることにより、当のステレオタイプが作り出されるプロセスが解剖され可視化される。観客は自分が観ているものがステレオタイプなのかその否定なのか分らず、大真面目なようにもふざけているようにも見えるワイドロードの話を聞いて、笑うべきか感心するべきかはたまた怒るべきか決めかね、文字どおりのサスペンス状況に置かれることになる。また言語レベルでも、余分に付け加えられた「e」の音が、「ステレオタイプ」という概念にある種の過剰さと他者性を付与する。それはもはや白人社会によって押し付けられたレッテルではなく、パフォーマンスによって自らの存在を差異化し脱領土化するプロセスへと転化するのである。

「銀行預金」で描かれたオーディションの様子は、『フロンテラス』においても再演される。そこでは褐色のメイクを施し自己アピールをするヴェルデッキアをビデオカメラが撮影し、それがリアルタイムで舞台のスクリーンに投影される。役者でもある作者の実体験に基づくこのシーンで、ヴェルデッキアは過去に「エルサルバドル難民、イタリアのボブスレー選手、アラブの馬泥棒、アンデス山中に飛行機が墜落しお互いを食らいあうはめになるウルグアイのラグビー選手」などの役のオーディションを受けたと語る（四二）。役柄が出身地とかけ離れているだけでなく、舞台上で演技するヴェルデッキアと彼が演じる過去の自分、過去の自分が演じる役柄というようにヴェルデッキアの主体性そのものが分裂し重層化してゆく。さらにこの演技の演技の演技がカメラに捉えられスクリーン上に複製されるにいたって、ヴェルデッキアをパフォーマンスの「今ここ」に繋ぎ止める身体までもが多重化し脱領土化される。言い換えれば、ヴェルデッキア劇では、パフォーマンスのライヴ感と実在感を担保するはずの身体が、疑わしい不自然なものとして提示されるのである。

このようにパフォーマンスが不自然に作り込まれたものであることが観客に見えてしまうことで、作品の演劇らしさが希薄になるのは確かである。だが、前節終わりで述べたことを繰り返すならば、演劇らしさが希薄になればなるほど、演劇という経験はより現実感を増すとも言える。そしてこの逆説はそのままヴェルデッキアによるボーダーランドの地図作成にも当てはまる。すなわち、強制的な移住と転位によってボーダー状態に暮らすことを余儀なくされた人々の生は脱領土化され、ホームランドとの物理的なつながりを絶たれてしまうが、その一方で、ヴェルデッキアやゴメス＝ペーニャのように、絶え間ない変化や移動というボーダー状態を自らの居場所として新たに選び取ることで、ランディッドでもなくホームと呼ぶこともできない逆説的なホームランドが作り出されるのである。

終わりに——運動感覚として伝達される経験

『フロンテラス』の中でヴェルデッキアは、カナダにもアルゼンチンにも定住せず移動し続ける自分を「汎アメリカ的ハイウェイ」と呼ぶ（五三）。これはボーダーをホームと呼ぶことと同義であり、「ホームはいつもどこか他所にある。ホームは「ここ」にも「あそこ」にもあり、その中間のどこかにもある。時にはそれはどこにもない」（ゴメス＝ペーニャ 五）という認識を、今回取り上げたふたりのギレルモは共有している。さらに彼らにとっては、移動する身体そのものがボーダー状態の最たる例であり、彼らはともにジョゼフ・ローチ（Joseph Roach）が「運動感覚的想像力（kinesthetic imagination）」と呼ぶものを駆使し、新たな地図を幻視するのである。

運動感覚的想像力は（……）ヴァーチャルなものの圏域に属する。そこで真実とされるものはシミュレーションの真実、ファンタジーの真実あるいは白昼夢の真実であるが、それが人々の行動に与える影響はこのうえなく実体的で広範囲にわたるものであるかもしれない。想像力と記憶の合流地点に花開くこの能力は、動きを通して（……）考えら

れないものを考える手段であり、ダンスがしばしば語りえないものを表現する手段とされるのと似ている。(ローチ 二一七)

ことばでは言い表せず身体感覚としてのみ捉えられるものの例として、『フロンテラス』にはタンゴについての考察がある。「音楽は国境を超える」(三六)とよく言われるが、旅立ちの予感や逡巡、見知らぬ土地へ向かう者が感じる不安や悲哀が、タンゴという音楽には本質的に備わっているという――「それはボウルに入れてテーブルに置かれたリンゴのための音楽、まだ食べていないが、持っていくこともできないリンゴのための音楽。その別の場所にもリンゴはあるだろうが、それはこのリンゴではない。別物だ。人生で最後に口にする地元産のリンゴを齧りながら、袋ひとつに詰め込めるほど切り詰められた自分の人生をじっと見つめる」(三七―八)。テイラーはルンバを例に、ニューヨークのセントラルパークで演奏するキューバからの難民が警察からの迫害を受けるという出来事を紹介している。公園や博物館がおあつらえ向きの舞台装置となり、記録のためにテイラーが構えたビデオカメラの前で警官が警官としての役割を演じるなど、一連の出来事は一種のライヴ・パフォーマンスの様相を呈するのだが、テイラーはここに「ルンバの歴史が続いている」(二七〇)様を見て取る。あるいはローチが例として挙げるマルディグラのパレードのように、パフォーマンスにおいて儀式的に反復される動作が生み出す運動感覚や感情は、その動作に本来込められていた意味やそれにまつわる歴史をも、パフォーマンスの「今ここ」という新たな文脈において再現し、新たな経験として実体化させるのである。

本論はじめに述べたように、演劇とパフォーマンスによるボーダーランドの再地図化は、地理的境界に即した政治的リアリズムとしてのホームランド言説を脱構築するものであり、国家という単位に縛られない広域的文学研究の可能性を指し示すものである。(6) またこれは二〇世紀末から現在までの研究において、演劇らしさとは何かという議論が袋小路に突き当たり、ついにはその議論そのものが放棄されようとしている状況とも深く関わりがある。ボーダーランドも演劇も、その実体が希薄になりヴァーチャルなものとなるにつれてよりいっそう現実感を増すものであるということの意味を考えるには、その現実感を感じ取るという行為そのもの、あるいは演劇が演劇らしく「見える」という現象そのものを観測し、詳しく記録するところから始めるしかない。本稿では、アメリカのホームランドについて論じるにあたり、あえてその周縁部の辺境地帯に観測地点を設けた。それにより、我々が慣れ親しんだものとは異なるアメリカや演劇の姿を垣間見ようと試みたが、それが成功したかどうかは読者の判断に委ねるしかない。

本稿は、日本アメリカ演劇学会第六回大会シンポジウム（二〇一六年九月一一日、エスカル横浜）および日本アメリカ文学会第五六回全国大会シンポジウム（二〇一七年一〇月一五日、鹿児島大学郡元キャンパス）における口頭発表を再構成したものでる。

註

（1）アジア系アメリカ人やアフリカ系アメリカ人という呼称を表記する際にハイフンが用いられることから、ある人が「〇〇系」というマイノリティの属性を有する場合に、その人を「ハイフン付」であると言う。アメリカの場合は「チカーノ」という呼称がメキシコ系アメリカ人を指すのに用いられるが、他にもスペイン語話者であることを意味する「ヒスパニック」や、広く中南米の出身であることを指す「ラティーノ」などがあり、非常に入り組んでいる。特にラティーノについては明確な定義が困難であり、アール・ショリス（Earl Shorris）によれば、ラティーノには「自分ではない誰かに変わってしまう一方で自分自身であり続けようと苦闘する多様な人々」すべてが含まれるという（一二―三）。

（2）一九七〇年代アルゼンチンの軍事政権下では、深緑色にペイントされたフォード社製自動車ファルコンが軍用車両とされた。政治犯・思想犯の逮捕と処刑という忌まわしい出来事と結びつけて記憶されることとなったこの車が、アメリカから輸入されたものであるという点も重要である。なぜなら、一連の出来事へのアメリカの関与という事実が、フォード社製自動車という象徴的なイメージを通して、本来ならそれを知る由もなかった亡命者の脳裡にくっきりと浮かび上がり恐怖を引き起こすからである。そのためこの小説では、南で国境を接するアメリカ合衆国もまた、潜在的な脅威として暗示されていると見なければならない。

（3）ただし、これらに先立つ一九八七年に出版されたグロリア・アンサルドゥーア（Gloria Anzaldúa）による自伝的著作集『ボーダーランド』（*Borderlands / La Frontera*）は、ボーダーに生きる経験をめぐる初期の画期的論考とみなされており、ふたりのギレルモがともにこれにインスパイアされた可能性は高い。特にヴェルデッキアの『フロンテラス・アメリカナス』は、タイトルそのものにアンサルドゥーアからの影響を見て取ることができる。なお、本文中特に断り書きがない限り、『ニュー・ワールド・ボーダー』は作品集所収のパフォーマンス・ピースのことを指し、『フロンテラス・アメリカナス』は二〇一一年の改訂・再上演版を参照する。

（4）レイチェル・アダムズもこの点に注目しており、ヴェルデッキア作品ではしばしばカナダとメキシコが隣接しているかのように描くことで、それらは「合衆国についての物語ではないという事実」が強調されていると見ている（三一五）。ヴェルデッキアは、例えば地理的配置ではなく人々が移動するルートに注目することで、見慣れない新たな地図を描いてみせるのである。

（5）ウルホ・カレダ（Urjo Kareda）は、『フロンテラス』初版（一九九三年）に寄せた序文を「制御されない転位（uncontrolled displacement）が過去のパターンだとすれば、自発的な転位（*willed* displacement）は未来の処方箋となるだろう」と締めくくっている（xi）。これはもちろんコロニアルからポストコロニアルへの移行という情勢を念頭に置いたコメントだが、ポストコロニアルの時代においても依然としてコロニアルなものが消え去りはしないのと同じように、ヴェルデッキア劇も、ボーダーに生きることを強制されつつもそれをあらためて選び取るという二重の身振りの産物として捉えなければならない。

（6）本文中で紹介できなかった例として、ローチは、アメリカ文化やアメリカ演劇の成立には、植民地時代から現在に至るまで続く物資や人々の行き来と相互の接触が生み出してきた「環大西洋パフォーマンス」が大きく寄与したと考えている。またローチの議論を引き継ぐ形で、エリザベス・マドック・ディロン（Elizabeth Maddock Dillon）は「大西洋のパフォーマンス・コモンズ」という概念を提示する。伝統的な共有地《コモンズ》が囲い込まれ私有地化される一方で、抽象概念である主権者としての人民《コモンズ》が台頭するという、一八世紀大西洋地域に起こった歴史的偶然を、ディロンは「コモンズのヴァーチャル化」と捉え、また同時期に劇場で人々がお互いに対して「ピープル」を演じあう中で、自らをパフォーマティヴに「ピープル」として再発明していったと論じている（三）。

参考文献

Adams, Rachel. "The Northern Borderlands and Latino Canadian Diaspora." *Hemispheric American Studies*. Ed. Caroline F. Levander and Robert S. Levine. New Brunswick, NJ: Rutgers UP, 2008. 313–27.

Anzaldúa, Gloria. *Borderlands / La Frontera: The New Mestiza*. Fourth Edition. San Francisco: Aunt Lute Books, 2012.

Appadurai, Arjun. *Modernity at Large: Cultural Dimensions of Globalization*. Minneapolis: U of Minnesota P, 1996.

Auslander, Philip. *Liveness: Performance in a Mediatized Culture*. London: Routledge, 1999.

Blau, Herbert. *Reality Principles: From the Absurd to the Virtual*. Ann Arbor: The U of Michigan P, 2011.

Chaudhuri, Una. *Staging Place: The Geography of Modern Drama*. Ann Arbor: The U of Michigan P, 1995.

Deleuze, Gilles and Félix Guattari. *A Thousand Plateaus: Capitalism and Schizophrenia*. Trans. Brian Massumi. Minneapolis: U of Minnesota P, 1987.

Dillon, Elizabeth Maddock. *New World Drama: The Performance Commons in the Atlantic World, 1649–1849*. Durham: Duke UP, 2014.

Giles, Paul. *The Global Remapping of American Literature*. Princeton: Princeton UP, 2011.

Gómez-Peña, Guillermo. *The New World Border: Prophesies, Poems, & Loqueras for the End of the Century*. San Francisco: City Lights, 1996.

Kareda, Urjo. "Foreword." Guillermo Verdecchia. *Fronteras Americanas (American Borders)*. Second Edition.

Vancouver: Talonbooks, 2012. ix–xi.
Levander, Caroline F. *Where Is American Literature?* Chichester: Wiley-Blackwell, 2013.
Levander, Caroline F. and Robert S. Levine. "Introduction: Essays Beyond the Nation." *Hemispheric American Studies*. Ed. Caroline F. Levander and Robert S. Levine. New Brunswick, NJ: Rutgers UP, 2008. 1–17.
Moretti, Franco. *Distant Reading*. London: Verso, 2013.
Roach, Joseph. *Cities of the Dead: Circum-Atlantic Performance*. New York: Columbia UP, 1996.
Rushdie, Salman. "Imaginary Homelands." 1982. *Imaginary Homelands: Essays and Criticism 1981–1991*. London: Vintage, 2010. 9–21.
Sandoval-Sánchez, Alberto. *José, Can You See? Latinos On and Off Broadway*. Madison: The U of Wisconsin P, 1999.
Seda, Laurietz. "Trans / Acting Bodies: Guillermo Gómez-Peña's Search for a Singular Plural Community." *Trans / Acting: Latin American and Latino Performance Arts*. Ed. Jacqueline Bixler and Laurietz Seda. Lewisburg, PA: Bucknell UP, 2009. 227–37.
Shorris, Earl. *Latinos: A Biography of the People*. New York: W. W. Norton & Company, 1992.
Taylor, Diana. *The Archive and the Repertoire: Performing Cultural Memory in the Americas*. Durham: Duke UP, 2003.
Verdecchia, Guillermo. *Citizen Suárez*. Burnaby: Talonbooks, 1998.

——. *Fronteras Americanas (American Borders)*. Second Edition. Vancouver: Talonbooks, 2012.

モールス信号の政治学
――ソローと一九世紀ネイティヴィズム思想

高橋　勤

はじめに

ホームランド幻想が喪失感と背中合わせであることは明白であろう。故郷の喪失は、戦禍を逃れる難民の間にも、自然災害に見舞われた村人にも、さらにテロを恐れる都会の住人にも同様に切実である。

おそらくホームランド・セキュリティという政治言説は九・一一以降アメリカ人の心理のなかで決定的に崩壊した日常性、いわば安全性の感覚の崩壊に由来するものであったろうし、仮想された外敵（たとえば空想された大量破壊兵器）にたいする脅威論に基づくものであったろう。それはブッシュ政権による「テロとの戦い」、その「恐怖」を煽る政治を前提とした言説であったのである。今日トランプ政権による保護貿易主義、あるいはメキシコ国境沿いの「壁の建設」に象徴される移民排斥思想は、アメリカ外交の基本路線を大きく翻すものであるとともに、ホームランド言説に示された合衆国の覇権の喪失、あるいは外敵による脅威論に依拠した政策と捉えることも可能である。

この章で考察しようとするのは一九世紀アメリカにおける外国人脅威論である。とくに一八三〇年代から五〇年代にかけて急増したアイルランド移民にたいする排斥思想、ネイティヴィズム運動の形成と展開である。本来合衆国は移民の国でありその労働力によって形成された国家である、という主張は今日の移民論議においてしばしば繰り返される主張だが、建国以来一貫して移民の奨励を基本政策としながら、急増する移民にたいする差別感情をふくむ脅威論が顕在化したのがネイティヴィズム（先住）の思想だったのである。一九世紀中盤において急増する移民（とくにアイルランド移民）の問題は、奴隷制度とともに合衆国の政治を大きく揺るがす政治課題となっていたのである。

むろん外国人の排斥は合衆国に固有の問題ではない。今日多くの政治難民を抱えるヨーロッパ諸国においても見られる普遍的な課題だが、合衆国の問題の固有性はネイティヴィズムの発現によって特色づけられたと言えるのではないか。一九世紀中盤のアメリカ社会はまさに自国の歴史と国民をめぐる物語が形成されつつあった時代であり、大量の移民の流入によって奇しくも喚起されたのは、先住（アメリカに生まれたネイティヴ）の思想であり国家意識の形成とナショナリズムの萌芽であったからである。アメリカとはなにか、アメリカ人とはだれなのか。こうした国家のアイデンティティをめぐる言説の弁証法がアメリカ・ルネサンス文学の背景にあった事実は確認しておく必要があるだろう。

さてソローの『ウォールデン』が刊行された一八五四年は合衆国において移民の流入がピークに達した年であった。それに併行して、ネイティヴィズムを思想基盤とするノー・ナッシング党がマサチューセッツの政界に大きく躍進するのだが、ソローのテクストにそうした時代背景、すなわち急増するアイルランド移民の脅威論と排斥思想は影を落としているのか。いやむしろソローのテクストをひとつの起点として、一九世紀中盤のマサチューセッツの政治・文化史を繙いてみたい。

一　テレグラフ・ハープ

電報線の敷設

ヘンリー・ソローが暮らしたマサチューセッツ州コンコードはボストンの北西二〇マイルに位置する街である。なだらかな丘陵地帯をアサベツ川とサドベリ川という二本の川が流れ街の北側で合流するこの一帯は農業を主な生業とした地域であり、また交通の中継地として一八四四年に開通したフィッチバーグ鉄道の停車場が設けられている。一六三五年内陸部に向けて拓かれた最初の入植地であり、独立戦争の火蓋を切ったとされるコンコード・レキシントンの戦いの舞台となった歴史の街でもある。

フィッチバーグ鉄道の開設はソローがウォールデン湖畔で独居生活をはじめる前年のことだが、その年の五月にサミュエル・モースによる電報の実用化が実現する。ワシントンの最高裁判所から三〇マイル離れたボルチモアの停車場に送信された最初のメッセージが「神が創り給いしもの」（"What Hath God Wrought"）であったことは周知のとおりであろう。コンコードの鉄道沿いに電報線が敷設されたのはそれから七年後の一八五一年八月。この電報線の敷設はソローにとってきわめて重要な意味をもつことになる。

ソローの日記に電報線の記述が書き込まれたのは五一年八月二八日、電報線の敷設が始まった日である。三、四名の男たちによる単調な作業の様子がやや皮肉を込めて描かれているが、巨大な弦のように張られた電報線は後々ソローに壮大な楽器（テレグラフ・ハープ）を連想させることになる。数日後の日記でソローは発明家モースに言及する。「大気中は不可視の電信メッセージでいっぱいだ。われわれはモース、ハウス、ベインの発明に縛られてはいないのだ」（『日記 四』二八）と語り、また別の日には「この音楽（テレグラフ・ハープ）を発明したのはモース氏ではない」（『日記 四』二八〇）と綴られた事実からしても、ソローの関心は電報という技術革新そのものではなく、むしろ超絶主義的な「天からのメッセージ」であったことは明白であろう。

そよ風になびく電報線の振動と共鳴音。イギリスのロマン派詩人にとって風に鳴る「アイオロスの竪琴」（Aeolian Harp）が「内なる風」すなわち詩的インスピレーションのメタファーとなったように、ソローは「テレグラフ・ハープ」という巨大な電報線の振動にエピファニーの契機を見出した。ソローが求めたものは電信技術の「もっとも素晴らしい活用法」であり、「電報線とともに人間の魂が奏でられる」体験だったのだ（『日記 四』七六）。

天上のメッセージ

ソローは「テレグラフ・ハープ」に誘発されたエピファニー体験のひとつをつぎのように語っている。

ディープ・カット（注　鉄道沿い）を歩いていると、私に天からメッセージを届けてくれるそよ風が電報線に音を響かせた。（中略）その音はただこう告げる。「わが子よ、心に留めて片時も忘れてはならない。今旅しているこの世界よりも高次の、限りなく高次の世界があるということ、目的地は遠く上りだが、一生をかけて到達する価値のある道だということを。（『日記 四』七六）

イギリスロマン派詩人にとって「エオリアン・ハープ」が詩的啓示の契機と捉えられたのとは対照的に、「テレグラフ・ハープ」のエピファニー体験は寓意的な宗教性と倫理性に貫かれていた。ソローは自らを人生の旅人、地上から天上をめざす巡礼として位置づけ、普段の努力の必要性を論じたのである。そこにバニヤン『天路歴程』とも共通するプロテスタンティズムの倫理と理想が描かれたと解することも可能だろう。

ソローはまた別の日にディープ・カットの電柱に耳を当て、その木の芯を伝わる振動に耳を傾けて「天球の音楽」を想像する。電柱は「予言の樹」となり、その振動音は「明白な天の祝福」であり、「この発明にたいする神々の喜び」を表現していたのである（『日記 四』九〇—九一）。

こうした宗教的崇高性と対置されたのが、電報線敷設の日記に記された労働者の粗野な無知ぶりであった。「偉大な発明も成功のためにはあまりにも低く身を屈めねばならない」『日記 四』二八)。奇しくも電報という技術革新がソローにもたらしたのは選民意識とも言えるプロテスタンティズム倫理の理想であり、同時に「より高次の世界」の共有から排除された労働者（おそらくアイルランド移民）への侮蔑の眼差しだったのである。

一八四四年モールス信号によるはじめての電信メッセージが「神の創り給いしもの」（"What Hath God Wrought"）であったことは前にも触れた。オサリヴァンの「明白なる天命」(Manifest Destiny）を共有したモースにとって社会進歩は「神の国」アメリカの必然的な歴史であったのである（ハウ 一二）。歴史学者ウォーカー・ハウはその名も *What Hath God Wrought* という歴史書において、この電信技術の実用化こそ一九世紀前半を象徴する技術革新であり、さらに合衆国の進歩の物語がプロテスタントの宗教倫理に裏打ちされた事実を指摘している（ハウ 三）。

一九世紀前半の合衆国において道路や鉄道網の整備、あるいは電信技術の実用化により「想像された共同体」としての統一意識とナショナリズムの発現がもたらされたことは容易に想像される。その一方で、道路や鉄道の建設に労働力として投入されたアイルランド移民の多くが想像上の共同体から排除され、ナショナリズムの意識に対抗する他者、その潜在的脅威と見なされたアイロニカルな図式が浮かび上がるのである。そしてそのアイロニーはモールス信号によって電信技術を実用化したモースが強硬な排外主義者であった事実にも、またテレグラフ・ハープに「明白な天の祝福」と「神々の喜び」を想起しつつ、電報線を敷設する労務者の無知を嘆くソローの視点にも同様に反響しているように思われるのである。

二　隠されたメッセージ

モースの排外思想

今日モールス信号の発明家、また画家としても知られるサミュエル・モース（Samuel F. B. Morse, 1791–1872）だが、そのかれにはもうひとつの顔がある。強硬な排外主義者としての顔である。モールス信号の実用化から遡ることほぼ一〇年前、モースはカトリック教徒排斥を主張した二冊の図書『差し迫った脅威』（*Imminent*

Dangers to the Free Institutions of the United States through Foreign Immigration, and the Present State of the Naturalization Laws, 1835）と『外国陰謀説』（*Foreign Conspiracy against the Liberties of the United States: The Number of Brutus*, 1835）を刊行する。四〇年代保守層を中心としたネイティヴィズムの思想の形成に大きな影響力を及ぼした著作だが、電信技術の発明と排外主義思想はモースの思考においてどのように共存したのか。その排外主義者としての一面を理解するために伝記的事実をここで確認しておこう。

ニューヨークをおもな活動の場としたモースだが、出生はマサチューセッツ州チャールズタウン、独立戦争の地バンカーヒルの位置するボストン北部の小村であった。一九世紀当時チャールズタウンはコンコードと同様ミドルセックス郡に含まれており、ピューリタン的伝統を色濃く残した生活文化を共有した。モースの父ジュディディアは集会派の牧師であり、サミュエルの思考基盤はカルヴィニズムの宗教風土のなかで形成されたと考えられる。

それはサミュエルのふたりの兄シドニーとリチャードがともに排外思想を共有した事実からも窺える。シドニーはアメリカで最初の宗教新聞『ボストン・レコーダー』を創設した人物だが、さらにリチャードとともに『ニューヨーク・オブザーバー』紙を創刊し、反カトリックの論陣を張っていたのである（ビリングトン）。サミュエルの排外思想の論説のおおくがこの新聞紙上で展開されたものだったのである。すなわち、サミュエルのアイリッシュを中心としたカトリック教徒排斥思想は個人的な主張ではなく、モースの出生と家庭環境によって大きく決定づけられたと考えられるのである。

その『ニューヨー・オブザーバー』紙に掲載された一連の論説をまとめたものが『外国陰謀説』である。全一二章からなるこの論説は内容的に『差し迫った脅威』と多くの点で共通し、モースの反カトリック思想の要点が述べられる。その一貫した主張はカトリシズムの異質性である。合衆国は自由平等を原則とした共和主義（リパブリカニズム）に基づく国家だが、カトリック社会では政教が一体化した、教会の権威にもとづく専制政治が横行する。カトリックの教皇主義はアメリカ社会の転覆を積極的に企図し、オランダのレオポルト財団を中心としてイエズス会の活動を活発化させている。合衆国に突きつけられた「脅威」とは大量に流入するカトリック系アイルランド移民である。教会の権威に縛られてきたかれらは無知蒙昧の徒であり、教会の手先となって政治的混乱を引き起こしている。現行の移民の帰化政策を改正し、移民の政治的影響力をコントロールする必要がある。

『外国陰謀説』はおもにこうした内容だが、自由と専制という二極化した観点からカトリシズムを断罪した点、アイルランド移民を無知蒙昧の徒としてステレオタイプ化した点、さらに合衆国をプロテスタンティズムに基づく、理性的に啓蒙された「自由の制度」として理想化した点が、この政治パンフレットの特徴であろう。

ネイティヴィズムの台頭

周知のとおり、ソローがウォールデン湖畔にひとり暮らしを始めた一八四五年、アイルランドでジャガイモの黒枯病による大規模な飢饉が発生している。一八四〇年代のアイルランドの総人口は八百万人と推計されているが、そのうち難民となって国外に逃れたものが累計二百万人、その八割が合衆国に押し寄せたと考えられている。

合衆国における移民の数は『ウォールデン』が出版された一八五四年にピークに達している。とくに都市部に移民が集中し、ボストンの三人に一人、ニューヨークでは二人に一人を移民が占めたと言われている。ソローやエマソンとも面識のあった超絶主義者のセオドア・パーカーでさえ、ニューイングランドは「コーク・カウンティ」に様変わりし、ボストンは「アメリカのダブリン」になったと困惑を顕わにした（アンビンダー 八）。むろん合衆国の移民全体に占めるアイリッシュの割合は三割程度であったのだが、かれらが排外思想の主な対象とされた背景には、貧しいアイルランド移民が都市部に集中したこと、カトリック教会を中心とした異質の集団を形成したこと、飲酒等、プロテスタントの倫理や進歩思想とは異なる価値を有する集団とみなされたことなどが挙げられる。

移民にまつわるステレオタイプと差別感情が背中合わせであることは言うまでもないが、そうした感情的反応に政治的根拠を与えた最も初期の事例がモースによるカトリック排斥思想であったのである。アンビンダーはモースの主張が移民の表象とカトリシズムを結びつけた事実を指摘しているが（アンビンダー 九）、それは政治的な意味合いにおいて移民排斥の論拠とされ、四〇年代以降におけるネイティヴィズム運動の形成、さらにノー・ナッシング党の形成へと大きな影響を及ぼすことになったのである。

三　ソローのアイリッシュ表象

「ベイカー農場」

ソローの作品におけるアイリッシュ表象の問題点についてはすでに多くの論考がある。新たな視点を提示することはきわめて難しいが、「ホームランド」という本書のテーマはソローの保守性について新たな光を当ててくれるように思われる。ともすれば極左のリベラルとみなされがちなソロー。そのソローにおける郷土愛とその延長線上にある愛国心、さらにその保守的心理に内在する偏狭さといった問題について再考したい。

ここでソローのアイリッシュ表象にかんするきわめて対照的な論考を紹介し、これまでの議論を大まかに整理しておこう。ひとつはごく最近二〇一五年に『ニューイングランド・クォータリー』に発表されたローラ・ウォールズの論文であり、もう一方はティモシー・パウウェルの『慈悲なき民主主義』(*Ruthless Democracy*, 2000) に収められたソロー論である。パウウェルの論考はアメリカ・ルネサンス文学における多文化性を考察したものだが、ソローのアイリッシュ表象の歴史的背景として一八四四年にフィラデルフィアで起きたカトリック教徒とプロテスタント教徒の暴動事件、あるいは『ウォールデン』の刊行された五四年にマサチューセッツ州で起きた一連のカトリック教会の焼き打ち事件を挙げている。こうしたネイティヴィストの暴動という時代背景がソローのテクストに反響した経緯を論じたものである。

いっぽうウォールズの論文は二〇一七年に刊行された伝記『ヘンリー・ソロー』に一部組み込まれたものだが、ソローのアイリッシュ表象にかんする従来の否定的な論調を修正し、とくにアイルランド移民リオーダン一家との交友関係を前面に押し出すことでソローの人格を擁護するとともに、「ベイカー農場」に描かれたジョン・フィールドの風刺的描写がフィールド自身に向けられたものではなく、グローバルな経済システムに囲われたわれわれ現代人の風刺画であることを指摘したものである。ウォールズの論考は周到な伝記調査に基づくもので説得力があるが、本論ではむしろパウウェルの論考で示唆されたネイティヴィズムとの関連性に注目しながら、ソローの保守的心理を考察したい。

さて『ウォールデン』に登場する労働者、下層の住民のなかで、もっともシニカルに高踏的な視点から語られたのが「ベイカー農場」に描かれたアイルランド移民ジョン・フィールドの描写であったろう。少なくともわれわれ読者がフィールドとその家族の描写から受けるのは、アイルランド移民が滑稽なほど風刺化されたという印象である。そこに描かれたのは移民の無知無能ぶりであり、粗末で不衛生な生活状況、貧しい大所帯、そして人生の不遇さと向上心の欠如であったからである。いわば『ウォールデン』というテクストを特徴づける自己修養（セルフ・カルチャー）の理想、あるいは合理主義思想とは対極的な「脇役」として描かれていた。ジョン・フィールドは実在の人物でありながら、その描写は広く普遍化された移民のステレオタイプを反復し補強するものとして描かれたことは間違いのない事実だったのである。

たとえばジョンとその息子は泥炭掘（bogging）という重労働に一エーカー一〇ドルという

きわめて理不尽な契約で従事している。ジョンの妻は「まるく油まみれの顔をして胸ははだけたまま」、「片時もモップを手放さずにはいるが、その効果はどこにも見られない」(『ウォールデン』二〇四)と、生活のだらしなさが強調される。ソローのシニカルな視線はジョンの膝で愛嬌を振りまく幼子にも向けられ(「貧しく栄養不良のガキ」)、雨漏りのひどいこの小屋には鶏が家族のメンバーのように歩き回る。こうした描写が強調するのはフィールド一家にたいする同情心などではなく、むしろアイルランド移民にたいするより積極的な蔑視のまなざしであろう。

じっさいジョン・フィールドと家族の描写の直前には、ソローのアイリッシュにたいする偏見を印象づけるようなネイティヴィスト的記述が見られるのである。

> 線路上を歩いている時、自分の影法師に後光がさしているのに驚いて「選ばれし民」のような気分になったことがある。かつて来客が目の前にいたアイルランド人の影法師には後光がない、選ばれているのは地元生まれの者だけだと話すのを耳にした。(二〇二)

影法師に後光がさすという空想された疑似科学的事実によって、アメリカで生まれた者だけが信仰上の「選ばれし民」とされ、カトリックの伝統をもつアイルランド移民にたいする差別意識の論拠とされたのである。

ジョンの暮らしぶりについてソローは自らの実践をひとつの「哲学」として披瀝する。コーヒー、バター、肉類が毎日得られるだけでもアメリカに渡った甲斐があるというフィールドにたいして、ソローはむしろそうした贅沢品を用いなければ出費は減り、過剰な労働を強いられることもないと主張する。「彼と家族がシンプルな生き方をすれば、夏には楽しみでハックルベリー摘みに出かけることもできる」(二〇六)。こうした主張をみるかぎり、『ウォールデン』の前半部に記されたシンプルライフの理想、すなわち物質文明批判の延長線上で書かれたものであり、その具体的な一例に過ぎないということになる。

しかしじっさいにはジョン・フィールド一家の描写にはアイルランド移民固有の問題が強調されているように思われる。故郷アイルランドで長らく疲弊した経済状況に晒された移民にとってコーヒー、バター、肉類は望むべくもない贅沢品であった。それが毎日得られるアメリカはまさに夢の国なのだが、ジョンの主張にたいしてソローは「唯一のアメリカ」という論議を持ち出して反論するのだ。ソローの理想とする「唯一のアメリカ」は贅沢品の消費なしに暮らす自由のある国であり、商品経済を支える奴隷制度や侵略戦争に依存しない国だと言うのだ。

ソローが夢想する「唯一のアメリカ」がプロテスタンティズムの倫理に根ざした、流通経済に支配されない自由の国であることは明白だが、そこにネイティヴィストと共通する政治思想を見出すことも可能である。なぜなら一八四〇―五〇年代当時ネイティヴィストのおおくがソローと同様に奴隷制度とメキシコ戦争に反対する立場に立っていたからである。他方においてアイルランド移民の多くがカトリック教会を中心に奴隷制擁護の立場をとっており、敵対関係にあったのである。

さらにソローはジョン・フィールドの記述をとおして新世界であるアメリカと旧世界ヨーロッパを対比的に論じ、フィールドの生き方の異質性を強調する。ソローが想定する「唯一のアメリカ」がプロテスタンティズムの精神と関連づけられたことはあきらかだが、その「唯一さ」は「純粋さ」という『ウォールデン』の鍵概念と連想づけられていた。それはこの「ベイカー農場」の章が「湖」と「より高次の法則」というふたつの章の間に配置された事実からも窺い知ることができる。というのも「湖」においてソローはウォールデン湖の清澄さを精神性のメタファーとして語っており、さらに「より高次の法則」では宗教的純粋性について論じているからである。そうした「純粋さ」の希求と対比されたのが、フィールドの「泥炭掘」(bogging) だったのである。

この「泥炭掘」のイメージはフィールド一家のみならず、アイルランド移民全般にたいする蔑称として用いられている。無知無能、その理性的に啓発されない暮らしぶりは「泥炭流」(boggy ways)(二〇九)であり、その向上心の欠如をソローはもっとも痛烈な言葉で描くのである。「ああ、アイルランド人の教育というのは道徳的な泥炭掘の鋤で試みるものなのだ」(二〇六)。すなわちアイルランド移民を教育(redeem)することは沼地の改良(redeem)と同様に果てしない徒労であり、むしろ「この地上のすべての沼沢地が野生状態のまま残されたらどれほど喜ばしいことか」(二〇六)、ソローは痛烈な皮肉をこめてそう主張するのだ。

ソローにおける新世界アメリカの理想は「野生」というもうひとつの概念と密接に連想づけられていた。宗教的「純粋さ」と「野生」、この一見矛盾するようなふたつの主張がソローに内在し、その両者は新世界の理想「唯一のアメリカ」のなかに統合されたと考えられる。ソローはエッセイ「ウォーキング」で展開される野生論を引き合いに出し、旧世界ヨーロッパの異質性を強く印象づけているように思われる。

僕の内なる声(Genius)がこう告げているように思う。日に日に遠く広く、さらに遠く広く釣りに出かけ、狩猟に出よと。不安もなくあまたの川辺、そして焚き火の脇に身を横たえよ。若き日には創造主を思い、何事にもとらわれず夜明け前に起き出して冒険を求めよと。（中略）そしてイングリッシュ・ヘイにはけっしてならぬ葦やイバラのようにおのれの性のままに野生的であれと。（二〇七）

ソローが夢想した新世界アメリカは自由と野生的な自然の活力に満たされた国であったはずである。その一方、ジョン・フィールドは「この自然の豊かな新しい国においてさえ古き国に由来する生活モード」（二〇八）に固執し、旧来どおりのやり方で、旧来どおり生活に苦しみ続けているのである。

人生の地平線がすべて自分のものでありながら、貧しい男のまま、貧しくなるべくして生まれ、受け継いだアイルランドの貧困と貧しい生活、アダムの祖母の頃からの泥炭流、かれも子孫もこの世で身を立てることなど夢にも思わず、かかとに羽根が生えるまで、水かきのついた足で沼地を走り回るのだ。（二〇九）

日記の記述

『ウォールデン』の改稿過程を検証したロバート・サトルマイヤーは「湖」や「ベイカー農場」を含む後半の章が一八五二年以降に加筆された事実を指摘している(ロッシ 四三三)。じっさいソローの日記にアイリッシュへの言及が集中的に記録されたのは五二年のことだが、そこに見られるのはアイルランド移民にたいする強い蔑視の視線である。たとえばソローが測量の際に雇ったマクマーティというアイルランド人の描写である。マクマーティは岩の上で食事をすると病が降りかかるという迷信に囚われており、ソローがたしなめても聞く耳を持たない。ソローはつづけてこう語っている。「このごま塩頭の男は弁当を食べることのほか、なんの役にも立たない。アイルランド人というのはなべて頭の悪い連中である。これからは人の血筋というものをきちんと訊ねておかねばなるまい。もし遠い祖先がアイリッシュであれば、けして測量の助手などには雇わないことだ」(『日記 四』二〇三)。こうしたアイルランド人の無知無能ぶりにたいする偏見がジョン・フィールドにたいするきわめて痛烈な風刺に反映されていないだろうか。

またウォールデンのソローの小屋が一九世紀中産階級に進展しつつあった家政学にたいする「もうひとつの」理想を実現したものであったことも事実であろう。それは「簡素で清潔な小屋」であり「自分自身の宮殿」であった(『ウォールデン』二〇五)。ジョン・フィールドの妻の乱雑でだらしない生活態度がそうした家政学の理想の対極にあることはあきらかだが、この妻の描写と家事の様子は、次の日記に記されたアイリッシュの描写を連想させないだろうか。

午後年老いたアイリッシュの女が森の掘立小屋の前で斜面に腰を下ろし、編み物をしているのを見た。気候が少し和らぐとジリスのように這い出すのだ。(中略)こうしたアイルランド人は急速に帰化し、やがてヤンキーを追いやる脅威となる。かれらが風土に馴染むのは速い、病室で大きく息を吸い込むように。こうした老女にとって人生の哲学とは、雪解けに流れる砂とともに斜面を下り落ちることだろうか。(『日記 四』一三二)

アイリッシュが「急速に帰化」し「ヤンキーを追いやる脅威」という記述には、あきらかにネイティヴィスト的な論調を反映したものであったろう。

多くのアイルランド人移民が鉄道建設の労働に従事し、その工事現場周辺に掘立小屋のような粗末な住居を構えていたことは周知のとおりであろう。コンコードの場合鉄道が開通したのは一八四四年だが、五〇年代に入ってもそうした住居は取り払われることはなかった。鉄道という一九世紀を象徴する機械文明と掘立小屋で自堕落な生活をする移民たち。「人生とは、私によってまだ試みられていない実験だ」というあの有名な日記の一節を記した直後に、ソローはアイルランド移民の惨状をこう批判するのである。

鉄道、蒸気船、印刷、教会、一般に文明とよばれるものの証明の存在する国において、多くの住民が野蛮人同様に堕落しないと考えるのは誤りである。野蛮人に高貴な輩もいれば低俗な輩もいるように、文明国家も同様である。それを確かめるためにわれわれは遠くを探す必要はない。最新の進歩といわれる鉄道の沿線至る所に並ぶ掘立小屋を見るだけでよい。(『日記 四』三四二)

「ベイカー農場」に描かれたジョン・フィールドと一家の暮らしは、ジョンやその妻個人の描写として描かれたものではない。鉄道沿線の粗末な小屋に暮らすアイリッシュの典型として描かれたものであり、その内情から移民の暮らしと思考を風刺したものであったのである。

ソローがサミュエル・モース流の強硬なカトリック排斥思想を共有し『ウォールデン』において披瀝したとするのは行きすぎた指摘であろう。ただ確認しておかねばならないことは、『ウォールデン』の執筆時期とその刊行がマサチューセッツ州議会におけるノー・ナッシング党の躍進に示されたようにネイティヴィズム思想が広く浸透し、アイルランド移民の急増が強い反感を買っていた時期と重なる事実である。当然ながらそうした時代風潮の影響をソローは受けていたのであり、その影響下において文学的想像力が形成されたのである。またソローのアイリッシュ表象がそうした時代の文化のなかで受容され、アイルランド移民にたいする差別感情とステレオタイプを補強したことは容易に推察されるのである。

四　難破する人生

棺桶船

一八四九年の一〇月、アイルランドの移民船一艘がマサチューセッツ州コハセット海岸沖で座礁し転覆している。セント・ジョン号の遭難事故である。友人のエラリー・チャニングとコッド岬への旅の途上ボストンでこの事故のニュースを知ったソローは、コハセットへと駆けつける。その時の印象記が『コッド岬』の第一章「難破」(Shipwreck) に組み入れられたのである。

マサチューセッツ州コハセットはボストンの南東二〇マイル、大西洋に面した海岸の小村である。この地域一帯は数十マイルにおよぶ閃長岩の隆起した地形で海岸線に岩礁帯を形成するが、秋から冬にかけて猛烈な北東の風が吹き荒れ、ボストン港に帰港する船舶がしばしばコハセット湾沖に押し流されるのである。コハセット湾の沖合一マイル、グランパス岩礁に座礁したのがセント・ジョン号の事件だったのである。

一八四〇年代後半、アイルランド移民の多くは開設されて間もない大型の定期船に乗船は叶わず、セント・ジョン号のような二百トンクラスの帆船、しかも従来奴隷船として使われた船で数十日におよぶ航海を強いられていた。今日の難民の状況から推察されるとおり様々な移民ブローカーが暗躍し、違法な乗員水増しや食料の不支給、あるいは移民の弱みに付け込んだ詐欺、横領、誘拐まがいの非道な行為も横行していた。さらに船内における疫病の発生や海難事故に見舞われ、こうした移民船は別名棺桶船（coffin ship）とも呼ばれていたのである。

『コッド岬』に描かれたアイルランド移民の遭難事故の記述に、移民に対する差別感情やネイティヴィズムの発現を見いだすことは愚かしいことであろう。ただ注目すべきは「難破」を特徴づけるソローのきわめて冷徹な眼差しである。

総じてそれは私が予想していたような印象的な光景ではなかった。もしどこか人知れぬ

> 浜辺に死体がひとつ打ち上げられていたとしたら、余程心動かされたことだろう。私はむしろ風や波と共感した。この悲しい死体を翻弄し引き裂くことがこの世の定めであるかのように。これが自然の法則であるとしたら、畏れや憐憫のために時間を浪費する必要があるだろうか。（『コッド岬』九）

むろん同情心の欠如は必ずしも移民にたいする差別意識に直結しないのだが、「難破」の描写が読者の脳裏に刻印するのは、アイルランド移民の人生の困難さであり、その残骸である。セント・ジョン号の「難破」は、文字どおり、アイルランド移民の「難破」した人生だったのである。少女の死体が難破した船のイメージで描かれたのはまさにそのことを物語っていたのである。

> それは人間の船体がねじ曲がった残骸であった。岩場や魚に引き裂かれ、骨や筋肉はむき出して血はなく、ただ赤く白く。見開いたままじっと見つめる目に生気はなく、死んだ灯、いや座礁した船室の窓が砂に埋まった感じだった。（五―六）

この座礁事故の描写にかんしてその移民性をもっとも強く印象づけるのは、非情とも言える経済的な思考であろう。老朽化した船体、大量にあふれ出した艦褸とごみ、遺留品には金品もなく、地元のレッカーたち（漂着物収拾者）はむしろ打ち上げられた海藻を「貴重な」ものとして移民の艦褸から選り分けるのである。海岸の現場は「大型船が遭難したかと思えるほどのゴミで溢れていた」（七）と描かれるのだが、それはまさにアイルランド移民の人生の残骸の集積であったのである。

五　ホームランドという思想

保守の形成

従来のソロー批評はリベラルな改革思想や人道主義に偏った文脈で論じられる傾向があったようだ。奴隷解放論者、教育者、先住民文化の理解者、さらには二〇世紀における対抗文化の火付け役、等々。「ホームランド」という視座が新たに投げかける問題はむしろソローの思想の保守性であり、祖国意識（ネイティヴィズム）である。コンコードという生地を愛し、ニューイングランドの文化風土を理想化した「ネイティヴ」の矜持であり、その偏狭さである。

たとえばアイルランド移民にたいするソローの保守的な偏狭さを、コスモポリタンを自認し民主党に傾斜したハーマン・メルヴィルのまなざしと比較するとどうか。セント・ジョン号の事件が起こった一八四九年に刊行されたメルヴィル『レッドバーン』には移民船の過酷な情況が克明に描かれているが、その情況を目の当たりにした主人公をとおしてメルヴィルはつぎのようにコメントする。

> 大量の貧しい外国人をわがアメリカの岸辺に上陸させるか否かといった、国家を揺るがすトピックはひとまず棚上げにしようではないか。……たとえかれらとともにアイルランドのすべてとその惨めさがもたらされたとしても。(『レッドバーン』二九二)

アイルランド移民一家の困窮にたいして「唯一のアメリカ」という理想を語ったソローとは対照的に、メルヴィルは「アイルランドのすべてとその惨めさ」を一旦「棚上げ」にして、普遍的なヒューマニズムに訴えたのである。

ソローの保守的心理の核心にあったものがコンコードにたいする郷土愛であり、その延長線上にある愛国心であったことは明白だが、その保守の心理を的確に表現したのがコンコードの歴史言説であった。すなわちコンコードはピューリタンによって拓かれた最も初期の植民地であり、コンコード・レキシントンの戦いによって独立戦争の火蓋を切ったとされる歴史の町だという思考である。いわばアメリカの信仰と歴史の起源に位置し、自由と独立という精神の遺産を受け継ぐ町だという矜持に似た心理である。

奇しくもモースの著作が刊行された一八三五年、コンコードは入植二百年祭を迎えている。それを機にレミュエル・シャタックによる『コンコード史』が刊行され、エマソンは「コンコードの歴史言説」を講演する。さらに翌年コンコード・レキシントンの戦いの記念碑の設立に際し「コンコード賛歌」を朗読する。こうしたコンコードの歴史言説は合衆国の歴史形成と不可分のものであり、国家の歴史の起源とされる言説だったのである。

国家言説

ソローがアイルランド移民にむけて語った「唯一のアメリカ」という主張がプロテスタンティズムの理想を語ったものであることは明白だが、それはモースがカトリック勢力の脅威にたいして合衆国を自由の聖地として理想化した構図ときわめて類似した関係にあったと考えられる。

サミュエル・モースの生地がマサチューセッツ州チャールズタウンであり、当時コンコードと同じミドルセックス郡に位置していたことは前にも触れておいた。チャールズタウンは独立戦争の激戦地バンカーヒルのある小村であり、その意味においても独立戦争の発端の地コンコードと歴史を共有した。すなわちソローとモースはニューイングランドの文化風土に根ざした保守性と祖国意識（ネイティヴィズム）を共有したのである。かれのカトリシズム批判がこうした祖国意識に裏打ちされたものであることに疑いの余地はない。

モースによって『差し迫った危険』『外国脅威説』という二冊の政治パンフレットが刊行されたのは合衆国において国家言説の形成とともにナショナリズムが発揚された時期と重なっている。トクヴィルのアメリカ論やジョージ・バンクロフトの合衆国史によって、合衆国において国家言説（ナショナル・ナラティヴ）が共有された時代であったのである（アラック 一―三〇）。アメリカという国家の栄光の歴史はニューイングランドのピューリタンに端を発し、その文明の影響が拡大する国土に浸透するという歴史観が形成された時代であり、モースのカトリック脅威論はそうしたナショナリズムの発現と表裏一体をなす言説であったと考えられるのである。モースがカトリック脅威論によって専制と自由の構図を浮かび上がらせたのと同じ意味において、ソローは「唯一のアメリカ」という主張によってプロテスタンティズムの理想に支えられた国家像を提示したのである。

参考文献

Anbinder, Tyler. *Nativism and Slavery: The Northern No-Nothings and the Politics of the 1850s*. OUP, 1992.

Arac, Jonathan. *The Emergence of American Literary Narrative, 1820–1860*. Cambridge, MA: Harvard UP, 2005.

Billington, Ray Allen. *The Origin of Nativism in the United States, 1800–1844*. New York: Arno Press, 1974.

Buckley, Frank. "Thoreau and the Irish." *NEQ* 13.3 (Sep. 1940): 389–400.

Bunyan, John. *The Pilgrim's Progress*. New York: Penguin Books, 1965.

Gross, Robert A. "Thoreau and the Laborers of Concord." Ratigan <https://production wordpress. uconn.edu> Accessed September 11, 2018.

Henry, William. *Coffin Ship: The Wreck of the Brig St. John*. Cork: Mercier Press, 2009.

Howe, Daniel Walker. *What Hath God Wrought: The Transformation of America, 1815–1848*. OUP, 2007.

Laxton, Edward. *The Famine Ships: The Irish Exodus to America*. New York: The Henry Holt and Company, 1998.

Melville, Herman. *Redburn: His First Voyage*. Evanston: Northwestern UP, 1969.

Morse, Samuel. *Foreign Conspiracy against the Liberties of the United States: The Number of Brutus*. Salem: Ayer Company, 1977.

——. *Imminent Dangers to the Free Institutions of the United States through Foreign Immigration, and the Present State of the Naturalization Laws*. Arno Press, 1969. [c1835]

Powell, Timothy B. *Ruthless Democracy: A Multicultural Interpretation of the American Renaissance*. Princeton: Princeton UP, 2000.

Rossi, William, ed. *Walden and Resistance to Civil Government*. 2nd Edition. New York: Norton, 1992.

Thoreau, Henry D. *Walden*. 150th Anniversary Edition. Princeton: Princeton UP, 2004.

——. *Cape Cod*. First Princeton Classic Edition. Princeton: Princeton UP, 2004.

——. *Journal*. *Vol. 4: 1851–1852*. Princeton: Princeton UP, 1992.

Walls, Laura Dassow. "'As You Are Brothers of Mine': Thoreau and the Irish." *NEQ* 88. 1 (March 2015): 5–36.

高橋勤『コンコード・エレミヤ　ソローの時代のレトリック』金星堂、二〇一二年。

『イノセンツ・アブロード』にみる虚構のホームランド

竹内　勝徳

はじめに

『イノセンツ・アブロード』（*The Innocents Abroad*, 1869）は、作者マーク・トウェインことサミュエル・クレメンズが現代で言うところの海外パック・ツアーで、アメリカ人旅行客と共に、ヨーロッパ、トルコ、エルサレムやロシアを訪れたときの旅行記である。旅立ちの年は一八六七年であった。一見、新興国の視点で、旧大陸の歴史と文化をユーモラスに皮肉る作品と思えるが、最近ではジョン・カーロス・ロウやウィリアム・スパノスによる帝国主義批判、そして、シェリー・フィッシャー・フィシュキン、ポール・ジャイルズらのトランスナショナリズム研究により、アメリカとヨーロッパ、中東諸国の複雑な関係性が読み取られるようになってきた。ベネット・クラヴィッツは『イノセンツ・アブロード』で描かれる旅行客の視点が「心の中の地理」（クラヴィッツ 五五）によって制約を受けており、常にヨーロッパの景色にアメリカの文化が折り重ねられていると述べている。また、レイナルド・シルヴァはトウェインの眺めるヨーロッパ・中東の他者性が、エドワード・サイードが批判したような、アメリカの植民地主義的傾向によってステレオタイプ的に仕立てられたものであるとしている（シルヴァ 九七）。そして、ウィリアム・V・スパノスの『衝撃と畏怖』（*Shock and Awe*, 2013）は、『アーサー王宮廷のコネチカット・ヤンキー』（*A Connecticut Yankee in King Arthur's Court*, 1889）にみられる軍事行動に、二〇〇〇年代のブッシュ政権に連なるアメリカ例外主義の特徴を読み取り、『イノセンツ・アブロード』もその文脈の中に位置付けている（スパノス 一〇五―一〇六）。一方、シェリー・フィッシャー・フィシュキンはトウェインのエッセイ「中国との条約について」（"Treaty with China," 1868）の中に反帝国主義を読み取るとともに、『イノセンツ・アブロード』からの引用文を交えて、トウェインにとっての海外の旅は国家への偏見をなくして、アメリカ例外主義を拒絶する彼の態度へ結びついたものであるとしている

(フィシュキン 一二九)。

このような意見の対立を生む背景として、彼のユーモアの深層に、視点の転換や国家イメージの反転など、目まぐるしくロジックを錯乱させる要素が隠れていることが挙げられる。例えば、イレフシリア・アラポグロウは、この作品におけるベネツィアとパレスチナのユートピア的描写とディストピア的描写、そして、両者の相互反復的パターンに着目し、「ベネツィアや聖地のディストピア的な地理的現実と、その物理的現実から作られる虚構のユートピアがうまく結び付き、円環構造が形成されることで、ナラティブ空間が立ち上がる」(アラポグロウ 一一五)としている。しかし、この円環構造はそれほどバランスのとれたものとは言えないだろう。『イノセンツ・アブロード』には確かにヨーロッパ・中東の風景をディストピア的に脱神話化する面はあるし、目の前の現実を想像的な世界に結びつける面もあるが、特に後者においては、その背後でアメリカ人の特質を強烈に押し出す部分が感じられる。そして、そうしたナショナリズムや植民地主義と見紛うような特質が、アメリカとヨーロッパ・中東を錯綜させるトランスナショナルな語り口になればなるほど強まる傾向にある。本論では、こうしたトウェインの語りにみられるアンバランスな二重性、並びに、それと関わる語りのトランスナショナルな展開(フィシュキンが指摘した点)、さらにはトランスナショナリズムに対立する植民地主義的傾向（クラヴィッツ、シルヴァ、スパノスが指摘した点）を考察し、これらを総合してこの作品の本質を捉え、なぜ批評家たちの解釈が帝国主義と反帝国主義を往還するのか、その理由について考える。

まずは、トウェインと旅を共にした乗客の描き方に注目し、彼らがある意味で本能的な習性から船の生活に適応し、船を自分たちの〈ホーム〉と感じるようになったプロセスを解き明かす。本能に支えられた適応性というのは非常に強いものであるが、上述したアメリカ人としての特質の刻印はこのことと密接に関係する。その後、そうした可動的な〈ホーム〉イメージの構築に伴ってトウェインが展開する、故国アメリカとヨーロッパ諸国の対比的な描き方に注目する。そこでは、語りのフィルターを顕在化させることで互いの国を脱神話化する技法を用いている点、また、逆に目の前の現実を重視することから、現実と想像的世界が直線的に結ばれる点について論じる。ここでは上述した語りの二重性に言及し、その理由としてトウェインのトールテール的なユーモア表現を考察する。最後に、そうした〈ホーム〉や故国の脱神話化作業が一気に愛国心へと反転する場面、一行がロシア皇帝と面会する場面を検討する。これにより、トランスナショナリズムとホームランド的なナラティブが奇妙にも結託する構造を明らかにし、上述の批評家たちが注目した帝国主義と反帝国主義の乖離的関係の原因、あるいはそうしたものを生み出した条件を明らかにしたい。

一　移動する〈ホーム〉としての船

トウェインが乗船した船の名称はクエーカー・シティ号（the *Quaker City*）である。それはペンシルヴァニア州フィラデルフィア市の別称であり、州の創設者ウィリアム・ペンのクエィカー教信仰を暗示するものでもある。また、フィラデルフィアは、ワシントンDCが設置されるまでの暫定首都であり、独立革命期には何度となく大陸会議が開催されている。トウェインはこの船でヨーロッパを通り、聖地エルサレムへと到達した。作品の副題が「新たなる巡礼者の旅」（*The New Pilgrim's Progress*）であるから、この作品は、聖書の教えに基づいて建国されたプロテスタント国家が自らのルーツをたどる探求の記録であったと言えるだろう。

しかし、トウェインによる乗客、すなわち、巡礼者たちの描写はときに辛辣であり、痛烈な自己批判を伴う。例えば、出発を前にヨーロッパへの期待を膨らませる乗客たちについて、「あの記憶に残る月に、私は人生で初めて大勢の人の波と漂う幸せを経験した。誰もがヨーロッパへ行こうとしていた。私もそうだ。そう、誰もがあの有名なパリ博覧会に行こうとしていたのだ。私もそうだ。この蒸気船はアメリカ全土の様々な港からアメリカ人を運んで来ている」（一二四）と述べ、週に四、五千人ものアメリカ人がヨーロッパに殺到する異常さに驚きを示している。そして自分もその一部である点に自虐的なユーモアを込めている。

船に乗ると、そこは揺れに支配された、また、地域ごとの固定的な時間を超えた特異な空間となる。乗客たちは激しい船酔いを経験しつつも、やがてその揺れに合わせてホース・ビリヤードと呼ばれるゲームを行うようになる。デッキの床に置いた木製の円盤をステッキで打って滑らせ、チョークで描いた図形の中に入れるゲームだが、船の傾きで円盤の軌道が逸れるため、乗客たちはデッキの傾きに応じて円盤を操作するようになった。また、ダンスも乗客にとって大きな娯楽であったが、これにおいても船の揺れに合わせて踊ることを習得していったとされる（二二四）。この点は、一行がイタリア上陸後、ピサの斜塔を訪れたときに、その内部階段で重力を感知して、自分がどちらの側にいるかを自然に認識できるようになった事実と呼応している。「我々は塔の傾きによって片方からもう一方へ重力を感じていたので、自分が塔のどちら側を通っているのかを知ることができた」（一五九）。船は大西洋を渡り、まずはポルトガル領アゾレス島に立ち寄ることになるが、東へ移動することで時差が生じるため、船の時計は一日に二〇分ずつ進められる。当初、それに気づかぬ乗客たちは時計が壊れたものと考えていたが、やがて、船内の時刻がベルの回数で示されるようになり、乗客はその生活へ適応していく。そして、そこに〈ホーム〉としての安らぎを感じ始めるのである。「海に出るといつもそうなのだが、乗客はすぐに船員の用語を使い始める。これは彼らが寛ぎ（feel at home）を感じ始めた兆しなのだ。六時三〇分はこの巡礼者にとってもはや六時三〇分ではなく、ニューイングランド出身者も、南部出身者も、ミシシッピ川流域出身者も、七回の鐘の音を六時三〇分として認識していた。八時、一二時、四時は鐘四回で、船長は九時ではなく鐘二回の時に経度を記録していた」（二二）。

アゾレス島を出て五、六日後にジブラルタル海峡に接近するのであるが、そこで陸地を見た乗客たちは、喜びを表すとともに、故国アメリカの幻想をそこに重ね合わせる。「疲れ果てた世捨て人たちは神の祝福を受けた陸地をみることとなった。それは彼らの頭の中に母国の姿を呼び戻すこととでもあった」（三九）。さらには、船に掲げていた星条旗が輝いてみえるのに気づく。「デッキにいた者は皆、初めて気づいた。母国でみる星条旗が外国でみるそれに比べてなんとつまらないものであるか。こうして星条旗をみることは母国の姿そのものや、その全ての幻影をみることと同じであるし、停滞していた血の流れが逆るのを感じることでもある」（三九—四〇）。それは、〈ホーム〉であった故国が幻想、あるいは、イメージに変わってしまったということであった。しかし、〈ホーム〉のイメージは、外国にいることでより一層乗客の血を騒がせるような刺激を与えることになるのであった。

ここまでの乗客の描写をみると、彼らの行動が重力や時差への適応として捉えられたり、なおかつ、そうした適応の結果、船が動く〈ホーム〉として機能するようになったりと、決して思考や理念で適応するのではなく、本能的に環境に適応することで〈ホーム〉という場が立ち上がった点が強調されていることが分かる。さらに、そうした場が外国に位置することで、イメージとしての故国、アメリカ合衆国の幻想が、乗客の血を騒がすほどの刺激を与えることになった。いわば、本能的な現実世界への適応により、その世界とは反対に位置する理念の世界、あるいは、イメージの世界が、非常に強い身体的な刺激を返すようになったということである。これを裏付けるように、トウェインは作品の末尾近くで、「我々は自分たちの中にある自然の本能に従って行動しました。いかなる式典にも因習にも囚われることなく、常に自分たちがアメリカ人であることを理解してもらえるよう気をつけたのです。そう、アメリカ人であること、をです」（四二二）と、本能から行動した結果、アメリカ人としての誇りを表現できたと語っている。しかも、彼らの事実上の〈ホーム〉は世界中を動き回る船なのである。実際、各国で上陸して観光地をまわって船に帰ってくる時、常にそこを〈ホーム〉として意識する記述がみられる。「快適な船にまた乗れるとそこは和気あいあいとしたホームのようであった」（一六一、イタリア）。（一〇二、フランス）。「とても長い間、家から離れていたようであった」（一六一、イタリア）。「ただいま。何週間も経って初めて船の家族が皆揃ったようだ」（二一六、イタリア）。「無事に家に帰って来た」（二二六、ギリシャ）。「また家に帰って来た」（三八〇、パレスチナ）。

これは旅行客としては、現地の文化や風習に溶け込むというより、物理的な〈ホーム〉を持ち回り、どこに行っても、本能的に、屈強に、したたかに、アメリカのイメージや幻想を発散し、それを強烈な身体刺激に変える人物像であると言える。トウェインはこうした国民がプロテスタント国家のルーツを探るプロセスを描くことによって、キリスト教時代の巡礼ルートが、したたかなアメリカ人の移動ルートとなり、結果的に旧大陸を蹂躙してしまった、近代の運命を予言したと思われる。その背景となったのは、南北戦争が終わり、交易や船舶の発展とともに、一部の上流階級のみならず、産業界で成功した人々やその家族、いわゆる中産階級層が、文化資本を求めてヨーロッパへのグランド・ツアーに出かけるようになったという事情があるだろう（ブレア 一二六）。サラ・ブレアによると、そうした状況によって拍車がかかったのが、「国家としての使命と社会的な力をイメージするための歴史的モデル」（ブレア 一二七）

の探求であり、そのターゲットとなったのがヨーロッパであったという。つまりアメリカの理想とビジョンを誇示するための比較対象やそれらを映し出す鏡像としてのヨーロッパが必要であったということである。

ブレアはヘンリー・ジェイムズの作品では、そうしたアメリカ中心のイデオロギーの浸透に対して、それに同化できないキャラクターの挫折感が描かれるため、むしろイデオロギーが相対化されるというが（ブレア 一二八）、『イノセンツ・アブロード』の巡礼者たちは、海外で星条旗を眺めて、本能的な刺激としてアメリカ人らしさを感じるわけだから、時代背景が同じでもそれに対する対応の仕方は全く違っていたと言っていいだろう。あるいは、一八五六年にハーマン・メルヴィルが聖地を旅して、その経験を基に長詩『クラレル』（*Clarel: A Poem and Pilgrimage in the Holy Land*, 1876）を書いたことはよく知られている。南北戦争前の時代にはまだグランド・ツアーは一般的とは言えなかった。しかし、メルヴィルがこの作品の中でアメリカのプロテスタントのルーツを探すというよりは、そこにやって来るイスラム教徒やカトリック教徒の姿をみながら、あらゆる教義に対して懐疑を投げかけることは、特段その時代背景とは直接的には関わらないだろう。一方、ナサニエル・ホーソーンは『大理石の牧神』（*The Marble Faun*, 1860）において、イタリア在住のアメリカ人の運命を描いたが、そこでは、野性的なイタリア人ドナテロによる罪の認識とその精神的な成長を描くことで、アメリカ的な自然と文明の対立関係を物語化したと言えるし、主人公の一人ヒルダの信仰において、カトリックを評価しながらも、最終的にはそれに距離を置くプロテスタント国家アメリカの女性像を描いてもいる。つまり、イタリアをアメリカ的価値観の鏡像とすることによって、アメリカ的価値観を再確認することとなったのである。

こうした作家たちと比べると、『イノセンツ・アブロード』の巡礼者たちのしたたかさが際立つだろう。彼らはジェイムズのキャラクターのように挫折することも、メルヴィルのクラレルのように孤独に懐疑を繰り返すことも、また、ドナテロやヒルダのように罪や信仰の問題で精神的に悩むこともない。成長する南北戦争後のアメリカのナショナリズムを背景に、旅に出るにも拘らず〈ホーム〉を持参し、アメリカ人としてのアイデンティティをヨーロッパに撒き散らしているのである。

重要なことは、このしたたかさもまた、自虐的なユーモアの対象となっているということである。船が地中海に入り、そこで七月四日を迎えることとなるのだが、船上の独立記念式典では乗客が揃ってアメリカ国歌を歌う。乗客の一人であるジョージは合唱に乱入するなり、「最後の節を酷い金切り声で切り刻んで、虐殺してしまった。誰も追悼する人はいなかった」

（五八）という。アメリカ国歌を「万歳三唱で水葬した」後は、「これまで散々聞いてきたけど集中もしていなかったし、その意味を気にも留めていなかった」（五八）独立宣言の朗読が行われた。大統領役が「アメリカの偉大さを語る昔ながらの演説」を行うと、それに対して「宗教がかった信仰心とあまりに熱烈な拍手」が向けられた。その後、「コロンビア万歳」が歌われるが、ここでもジョージの音痴が合唱を乱すこととなった。上述したアメリカのナショナリズムにこうしたユーモアが加わることで、自己批判とナショナリズム、自虐的ユーモアとしたたかさが拮抗することになる。そして、それをもって、トウェインなりのアメリカのイメージが確定することになるのである。この構図は、ヨーロッパに上陸して外国とアメリカを比較するようになっても基本的に変わらない。

二　ユーモアが結ぶアメリカとヨーロッパ

フランスに上陸すると、まず、鉄道でフランス中心部へと向かう。その際、トウェインはフランス語に〈ホーム〉に相当する言葉がないことを指摘する（六六）。前章での議論を踏まえれば、それはそのまま、したたかなアメリカ人の〈ホーム〉がこの地に無理なく移植できるという意思の表れだろう。トウェインはフランスの鉄道とアメリカの幌馬車を比較し、自分としては幌馬車が好みであると述べるが、食事についてはアメリカの「ぷよぷよのロールパンに、泥水のようなコーヒー、仕入先が疑わしい卵、ゴムのような牛肉に、コックしか知らない血なまぐさい暗黒の極秘調理法でできたパイ」（六八—六九）よりはフランスの方が遥かに良いとしている。ここでも〈ホーム〉を強力に主張するアメリカ人の姿と、その母国の食事を自虐的に貶す態度が共存している。トウェインはまずベルサイユ宮殿を訪れ、その後パリへと移動するが、ナポレオン三世の方針で革命の痕跡を消し去り、大いに近代化された都市の風景に賞賛の言葉を与えている。また、ナポレオン三世が当時のメキシコ皇帝としてマクシミリアンを送り込むも、南北戦争中のアメリカが彼を支持しなかったこともあって、マクシミリアンが反対勢力に処刑された経緯を思いつつ、トウェインは「アメリカ人の旧友ナポレオン三世に友情を感じることはないが、（中略）彼の冷静な自己信頼能力を尊敬する」（一〇一）と述べている。これは、誇張表現によりナポレオン三世を「アメリカ人の旧友」としてしまい、その政治に対してアメリカ人としての支持がなかったことを反省しているということであるから、ナポレオン三世をアメリカ人の鏡像に仕立てて故国のナショナリズムを盛り立てていると考えることもできる。

とはいえ、アメリカの実情は、ナポレオン三世の功績ほどには実を結んではいない。ローマにやってきたトウェインは、カンパーニャ人の声を借りてアメリカの民主主義の利点を紹介し始める。「俺はアメリカで民衆というものを見て来たのさ。神父でも王子でもない人民のことだよ。それでも確かに土地を所有して耕していたんだ。その土地は教会から借りたものでもないし、貴族から借りたものでもない」（一七一）。ここには、リソルジメントを進め、王国体制や教会権力から脱却しようとする一八六〇年代のイタリアと、その約八〇年前に既に統一的な民主国家としての独立を勝ち取ったアメリカとが対比されている。同時に、トウェインがカンパーニャ人になりすますことで、イタリアの前近代的政治体制の実態を曝け出すとともに、あくまでカンパーニャ人から眺めた限りでのアメリカ像を提起しているのである。トウェインはこの独白に先立って「現代ローマ人の限りない無知」に言及している。カンパーニャ人を通すことでアメリカのイメージを表層的なものに変え、むしろ真実のアメリカはそういう理想化された姿と違うということを訴えているのである。それと同時に、カンパーニャ人の後進性が際立つ仕組みとなっている。

また、コロセウムでは、古代の剣闘士の戦いを、一九世紀ニューヨークの演劇に見立てて宣伝してみせる。「ローマのコロセウムだ。よそでは絶対に見られない出し物があるぞ！　新しい道具に新入りのライオン！　新入りの剣闘士！　著名なるマルクス・クラウディウス・マルケルスの登場だ！　六夜連続公演のみ！」（一七九）。これは廃墟と化した円形競技場の「ガラクタ」から妄想したもので、あくまでありし日の剣闘士の戦いに対して現在の廃墟が対置されるし、それがブロードウェイの演劇として蘇ることで、血なまぐさい戦いのリアリティが削ぎ落とされている。

さらに、コンスタンチノープルでは、女性の人身売買をアメリカの奴隷オークションの新聞記事に似せて報告している。「奴隷市場報告。最高品種チュルケス人、一八五〇年産で二百リラ、一八五二年産で二五〇リラ、一八五四年産で三〇〇リラ。最高品種のグルジア人は在庫なし、一八五一年産第二級が一八〇リラ。そこそこのワラキア人少女一人一五〇リラを一九人まとめて一三〇リラ。しかし買い手なし。最上級A1の一六人をバラ売り在庫処分、価格応談」（一三五）。これはオスマントルコからコーカサス地区の人種に対する差別に基づいたジョークであり、決して笑えないものであるが、それがアメリカの奴隷制度になぞらえているため、もはやふざけ過ぎと評する他ない。しかも、この記述の後に、売られる子供の家庭が極度な貧困に見舞われていることを嘆き、奴隷の「価格がまた上がりますように」と願うのである。加えて、トルコ人やアルメニア人は日曜日こそ定期的に教会に通うが、他の曜日に十戒を破りまくってバランスをとっている、そして、「結局、誰もが嘘つきであり、インチキである」と総括しているのである。ここでは、オスマントルコの厳しい人種差別の現状を面白おかしく表現し、また、その背景にある住民のモラルの低さを指摘しつつ、やはり、アメリカも似たり寄ったりであることを、ブラックジョーク的に示唆していると言えるだろう。

いずれもアメリカと外国を対比し、それぞれの熾烈な現実を提示しつつ、それをユーモアによって読者からみて受け入れやすいものへと変換している。また、そうした処理を行いながら、アメリカの事情をフランス、イタリアやオスマントルコという鏡像に映し出し、それを確認していると言える。ただし、これは上述したクラヴィッツやシルヴァが主張しているような、ステレオタイプや文化をそのまま映し出す単純な鏡像ではなく、社会の現状、特に、奴隷制度を含めた現実が、あくまでヨーロッパの腐敗とアメリカではそれほど大差はないという、ブラックジョークを介した自虐的なカリカチュアとしての鏡像であると言わなければならない。注目すべきは、これらの語りにおいて、ナポレオン三世のアメリカ人化、外国人へのなりすまし、劇場空間の借用、新聞記事風など、読者の関心を高める技法を用いているということ。つまり、前章で述べたような、アメリカ国旗が、異国で〈ホーム〉を背負ったアメリカ人に強い刺激を与えたように、想像力と現実が交錯することで、異国の独自性が強調されながらも、そこに映し出されたアメリカが強い刺激を伴って感じられるということである。これは、同じく、前章で論じたアメリカ国歌や独立宣言を冗談半分に扱う自虐的なアメリカ人像と合わせて考えるならば、ヨーロッパの腐敗とさして変わらぬ要因を背景に持ったアメリカ人が、その否定的な重荷にも拘らず、厚かましく、したたかに、ヨーロッパ・中東に進出して来ているということ、換言するならば、自己批判とナショナリズム、自虐的ユーモアとしたたかさの背反的両立、『イノセンツ・アブロード』が訴えるアメリカの特質はまさにこのようなことであり、カリカチュアとしてのアメリカを、〈ホーム〉を背負って厚かましく持ち込むことこそがこの作品において描かれるアメリカ人のアイデンティティであると言っていいだろう。したがって、上述した「式典にも因習にも囚わ」れない、トウェインが胸を張る「アメリカ人」とは、「無知」なカンパーニャ人に感心される程度の民主主義国家からやってきて、過去に奴隷制度を有していながら、今は、オスマントルコの奴隷売買を皮肉っている国民、数々の欠点があるにも拘らず開き直って〈ホーム〉を押し通すアメリカ人のことである。

一方、聖地に到着してからのトウェインは、自分の目で見た事物が、聖書の世界や教会学校で学んだエピソードと全く異なることを強調している。エルサレムに入ったとき、男性が馬に乗り、女性が歩いている現実に対し、アメリカにはヨゼフが馬に乗りマリアが歩く聖書画はなかったとしている（三〇九）。また、日曜学校で学んだヨシュア記の記述は、現地の様子には当てはまらないことも指摘している。「『全ての王』という言い方は壮麗さを失くしてしまう。ただ下級の族長の一団がいるだけで、しかも、彼らはアメリカのインディアンみたいに、身なりも悪いし、暮らしぶりも悪い。お互いの姿が丸見えだし、『王国』と言っても五マイル四方に二千人住んでいるくらいだ」（三一二）。ティベリア湖はなんの変哲も無い湖であり、アラブ人はおしなべて貧民であり、アメリカ先住民を思わせるとしている。トウェインは聖地が聖地として語られてきた理由を以下のように説明している。

なぜこの地域に関して真実が述べられなかったのか。真実とは害のあるものなのか。真実の正面を隠す必要はあったのか。神はガリラヤ湖とその周辺を今ある通りに作った。グライムズ氏が描いたこの地域は、神の創造物をさらに作り変えたものなのか。確かに、あの本の主旨からして、それは分かる。私が読んだ限り、ここ数年このパレスチナの大地を訪れる人たちは、その多くが長老派のキリスト教徒である。彼らは自分たちの特定の教義を支えてくれる証拠を求めてここにやって来る。彼らは長老派なりのパレスチナを発見したとでも言えるだろう。しかも、最初から他のものには関心がなく、その目的だけを心に決めて来たのであり、関心があったにしてもそれは自分の宗教熱によって暈され、目に見えなかったはずである。他の宗派と言えば、バプテストはバプテストの証拠を求め、バプテストなりのパレスチナを見つけるし、カトリックはカトリック、メソジストはメソジスト、米国聖公会は米国聖公会、それぞれが自分たちの教義を支持してくれる証拠を求めて、カトリックの、メソジストの、米国聖公会なりのパレスチナを見つけるのである。（三二九）

つまり、キリスト教徒が事前に自分たちの教義の根拠を発見するという前提で聖地にやってきて、予定調和的に既定の神話と目の前の現実を一致させてきたから、ということである。これは典型的なオリエンタリズムである。その具体例が、この引用の中にも出てきている『聖地のテント生活』（*Tent Life in the Holy Land*, 1857）という旅行記の実在の著者ウィリアム・クーパー・プライム（William Cowper Prime）をパロディ化したグライムズ（Wm C. Grimes）なる作者の聖地巡礼記である。「私はグライムズ氏から好んで引用する。なぜかというと彼の話がドラマティックであるからだ。また、彼が非常にロマンティックであるからだ。そして、彼が真実を言っているのかどうかをあまり気にしない、あくまで読者の嫉妬や賞賛を煽ろうとしているからに他ならない」(三四四)。「我々はその場所で聖母のような女性の顔の美しさを確かめてみた」(三四三)が、グライムズのロマンティックな記述と異なり、実際のナザレのアラブ女性は、聖母マリアに似ているかどうかは分からないが、特に背も高くないし、美人でもないとトウェインは書いている。

グライムズはパレスチナを極度に美化していながら、常に銃に手をかけてアラブ人を警戒するような人物であった。トウェインが同行した巡礼者たちも、グライムズからの情報を鵜呑みにし、グライムズと同じようなロマンティックなイメージを聖地に投影し、また、時に安易に銃を発砲して余計なトラブルを招く可能性があった。「巡礼者たちは常に銃に手をかけていた。そういう事態が想定できない場合でも、常に彼らは銃を取り出して、姿も見えないベドウィン人を狙おうとしたのである。(中略)もしこのようなロマンスに熱狂した巡礼者が、いつか誤って私を撃ち殺したら、グライムズ氏は共犯者として事実を認める義務があるだろう」(三四九)。この巡礼者たちは自分が異国に持ち込んだ既存の空想を現実よりも優先し、なお空想を現実の上に貼り付けているのであった。

以上、トウェイン流の語りについて、主に二つの例を挙げてきた。一つは、アメリカと諸外国の文化を比較しつつ、アメリカのナショナリズムを強力に持ち込み、それでいて故国の実情を自虐的なユーモアで批判的に描く手法、もう一つは、目の前に存在する対象をそのままに描くことを基本としながら、ヨーロッパの歴史やキリスト教教義においてその現実を覆い隠してきた迷信や伝説を徹底的に剥ぎ取る手法であった。前者の場合は、なりすまし、劇場型の宣伝、新聞記事のフォーマットなどが介在し、多文化的状況が〈ホーム〉としてのアメリカのカリカチュア的イメージに還元されてしまう傾向があった。後者においては、トウェインと違って、重ならないはずの想像上の物語と現実を、既存の宗教的枠組みに倣って結びつける巡礼者たちが批判されていた。前者は国境の向こうの、外部としての異文化体験を想像的なアメリカ的価値観に還流させつつ、アメリカの実情を皮肉るものであり、後者は聖地を脱神話化するものであった。

三　現実と想像、無知と迷信

以上の点についてより踏み込んで考えるため、まずは、トウェインの現実認識そのものに目を向けてみたい。作品中、トウェインは訪問先において、自分の目で見たままの事実を何よりも優先すると言っている。例えば、ベルサイユ宮殿の完璧な構造を前にして、「目をこらして考えれば、それが現実だと分かるだろう。（中略）どんな画家でもこの現実ほど美しくベルサイユ宮殿をキャンバスに描くことはできない」（九八）と、その美しさを讃えているが、逆にミラノで鑑賞したダ・ビンチの『最後の晩餐』に関しては、自分の目で見る限りどこにでもある古びた絵画にすぎないとして、そういう作品が他の鑑賞者にあっては驚嘆を露わにしているその様に深い疑念を表明している。「目に見えないものをどうやって見ようというのか。（中略）『最後の晩餐』の前に立っていると、既に絵から消えてしまった驚きや美しさや完璧さを、周りの人が声に出して褒めているのを耳にする。百年以上も前に消えてしまったものなのに。年老いた顔が昔どれだけ美しかったかは想像できる。切り株を見て森を想像することもできる。しかし、そこに存在しないものを、この目で見ることは絶対にできないだろう」（一二二）。

そうかと思うと、この引用文にあるように、木の切り株が森を、あるいは、年老いた顔が往年の姿を想像させるように、現実の対象物が想像の世界と連続する場合もある。例えば、既にかつての栄華を失い、凋落の途にあるベネツィアにおいて、「日光のいたずらによって、目に見えるベネツィアは滅び、貧困に喘ぎ、活気もなく、忘却され、とるに足りない町となった。しかし、月明かりの下で見ると、その一四世紀にわたる繁栄が栄光のうちに蘇り、もう一度、地上の国々の頂点に君臨するのである」（一四一）と、中世の栄えある姿を重ね合わせている。この引用文の後には、かつてのベネツィアを目の前に蘇らせるかのようなサミュエル・ロジャーズのロマンティックな詩が置かれている。あるいは、ナポリのポンペイにおいて、ヴェスヴィオ火山の噴火によって破壊された街並みや、焼け焦げたと思われる骸骨を前に、トウェインはその惨事を想像するとともに、その人物たちが噴火の瞬間に何を行なっていたのかを物語化しようとする。「男が一人と女が一人、そして少女二人の骸骨が見えた。女は生きていたときの恐怖を表すように腕を広げていた。だが、この女の跡形もない顔を見ると、私にはそのように歪む前の恐怖と絶望の表情を想像することができた。天がこの街に火の雨を降らせた、その太古の時代に。少女たちと男は、自分の腕で顔を覆って倒れていた。あたかも身を焼き尽くす燃えかすから自分を守るように」（二一四）。

このように、トウェインは目の前に存在する対象をまずは重視したうえで、そこから現実の延長として想像できる物語と、現実からは想像できない物語を区別し、現実の延長として想像できる世界においては、ベネツィアやヴェスヴィオ火山のように、物語を大きく展開させるものとなる。しかし、想像できない世界は、『最後の晩餐』、あるいは、パレスチナにおけるキリスト教神話の場合のように、現実から乖離した迷信として棄却される。トウェインが自分を「無知な評論家」（二〇七）と自称するのも、現実と乖離した迷信的な想像性を受け入れることができなかったからに他ならない。メジチ家の美術収集品についても、「私は中世の大芸術家たちに対して偏見を持っているのかも知れない。というのも、私はときに、彼らの作品の中の美しさを見てとることができないからです」（一六五）と、自分の批評眼の無さを理由に過剰な評価を控えている。しかし、これによって意見表明を止める訳ではなく、開き直って、現実に目に見えないものを讃えている人の想像性を迷信的なものとして括って一蹴する、それが『イノセンツ・アブロード』の基本的な表現法の一つである。これは「不条理な現実」（カミングス二一一）を批判しようとするトウェインのリアリズムの表れであると言えるだろう。

こうした表現方法は、冒頭で述べた〈ホーム〉を背負うアメリカ人像と強く関連する。「無知な評論家」が〈ホーム〉とともにヨーロッパや中東に踏み込んで、現実には見えない多くの伝説を剥ぎ取っていくことになるし、また、前章で論じたような、カリカチュアとしてのアメリカをトランスナショナルに投影した異国が、ナポレオン三世のアメリカ人扱いや、カンパーニャ人へのなりすまし、劇場的環境、新聞記事など、想像的な技法を通して語られ、それが読者に対して強い刺激を与えることにもなる。つまり、「無知な評論家」が現実の延長を見据えて想像力を発揮した場合は、アメリカと異国双方の「不条理な現実」が想像的なカリカチュアとして批判されるのである。カリカチュア化されたアメリカを臆せずに、開き直って押し通していくという意味でも、「無知な評論家」のしたたかさが発揮されているのである。ヒルトン・オベンジンジャーは『イノセンツ・アブロード』における真実と虚構の二重性について以下のように述べている。「この真実と虚構の二重性は戯れの中にある。語り手は詐欺師のようにに姿を変え、幻想を膨らませたかと思うとそれを破綻させ、真実を発見できそうなトールテール的解釈の循環の中に読者を招き入れてその信頼を得ようとする。しかし、同時に、真実を見つける可能性は、そこに発生する笑いによって損なわれるのである」（オベンジンジャー一六五）。確かに、ナポレオン三世のアメリカ人化も、カンパーニャ人へのなりすましも、劇場性も、奴隷売買の新聞記事も、トールテール的な虚構の産物であるが、それはアメリカの民主主義やそれに反する奴隷制度、そして、ヨーロッパ社会の腐敗という真実へと読者の目を向けつつ、それが笑いによって寸断される構造を作り上げているのである。その意味で、トウェインが「アメリカ人であることを理解してもらえるよう気をつけたのです」というときのアメリカ人とは、無用な想像的世界を剥ぎ取りつつ、虚構のトランスナショナリズムによって現実の社会を批判する、徹底したリアリストのことであり、この作品が『イノセンツ・アブロード』と名付けられた所以は、それが無用な想像的世界に対してイノセントな目を持って向き合う「無知な評論家」が書いた作品であるからに他ならない。

四　トランスナショナルな帝国の再領土化

『イノセンツ・アブロード』は、このような問題を内包する作品であるが、最近の批評ではそのトランスナショナルな側面に光が当てられてきた。シェリー・フィッシャー・フィシュキンは、トウェイン作品が世界中で翻訳されてきた経緯を詳細に論じた上で、『イノセンツ・アブロード』からの引用を交えて以下のように述べている。

偏見、人種差別、不正な権力行使など、これらの問題は国境を越えていくので、トウェインはそれを幅広い文脈の上に置き換えることによって、こうした現象のダイナミックな関係性を深く、鋭利に洞察できるように表現したのである。トウェインは旅行というものを「偏見、頑迷、狭量」に対する最高の解毒剤と信じていた。そして、「人は生涯を世界の片隅に閉じこもって過ごしていると、人や物事に対する幅広い、健全で、慈愛に満ちた見解は習得できない」と信じていたのだ。（フィシュキン 一二九）

また、トウェインが一八六八年に発表した「中国との条約について」において、中国との不平等条約を批判しているとして、トウェインの反帝国主義が晩年のスペイン戦争批判よりもずっと早い時期に芽生えたとしている。一方、ウィリアム・V・スパノスは、アメリカ例外主義の系譜を、ブッシュ政権の対テロ戦争から一九世紀のマニフェスト・デスティニー、そして、サクヴァン・バーコビッチが提唱したエレミヤの嘆きまで辿る中で、トウェインの『アーサー王宮廷のコネチカット・ヤンキー』がアメリカ例外主義を肯定的に表現していると批判した。

さらに具体的に言うならば、我々はアメリカ例外主義によって要請される進歩的論理をその戦略に関連づけて「先制攻撃」と呼ぶことができる。振り返って考えれば、『アーサー王宮廷のコネチカット・ヤンキー』においてイングランドの「封建体制」に変革を起こすべく展開された軍事行動も、「先制攻撃」の典型である「衝撃と畏怖」作戦と呼べるものであった。アメリカ例外主義の名の下でその論理に従うならば、コネチカット・

ヤンキーは、ジョージ・W・ブッシュ政権が行った中東におけるまさにアメリカ中心の帝国主義政策を不気味に想起させる。それは過激な劇場型の政策であり、歴史が証明しているとおり、神から新世界に送られた「荒野への使者」を担うピューリタンのいわゆる「選民思想」に基づくものであった。(スパノス xiv)

そして、『イノセンツ・アブロード』も『アーサー王宮廷のコネチカット・ヤンキー』における例外主義を先駆的に表現していると考えた。スパノスは『イノセンツ・アブロード』における「憧れや賞賛を勝ち取るような場所はどこにもない」オスマントルコの貧困や荒廃した町の様子を引用し、それを描写するトウェインを『アーサー王宮廷のコネチカット・ヤンキー』の主人公ハンク・モーガンと同一視している。「マーク・トウェインとハンク・モーガンが有するアメリカ人としての感覚には共通する部分がある。それを証明する作品は『コネチカット・ヤンキー』にとどまらない。(中略)この事例の引用は『イノセンツ・アブロード』からに限るが、それはこの作品が『コネチカット・ヤンキー』と同じく旧世界を訪れるアメリカ人を描いており、しかもそれがトウェイン自身の『実用を重視するアメリカ人』の声によって成り立っているからである」(スパノス 一〇五)。既に述べたように、『イノセンツ・アブロード』

ではトウェインは常にアメリカ人であることを意識したとしているので、このスパノスの指摘には重たいものがある。さらに加えるならば、ジョン・ドリスもこの作品に国家の外部を想像的に内部化する帝国主義的な側面を読み取っている。「ここで言う統合とは、ホームランドがそれ自身の中に外国を飲み込んでしまう奇妙な内向きの論理を表している」(ドリス 一七九)。既に引用したクラヴィッツ、シルヴァの見解も合わせると、この作品の帝国主義的な色合いを批判的に読み解く研究は一つの大きな潮流を作り上げていると言わなければならない。

しかし、例えば、ポール・ジャイルズは、トランスナショナリズムの視点から、『ハックルベリー・フィンの冒険』に対する批評が長らく国家主義的な枠組みの中に閉じ込められてきた事実を挙げつつ、「トウェインは『赤道に沿って』の中で南アフリカを語る時でさえ、イギリスの植民地政治家セシル・ローズに賛辞を」(ジャイルズ 四〇)送った経緯を説明し、アメリカ中心の批評を相対化するとともに、「トウェイン信奉者たちが、トウェインこそアメリカ的精神の体現者だと感情移入することで、彼の芸術的達成が持つ広大さと複雑さをまんまと矮小化してきた」(四三)としている。だとすると、上記の帝国主義批判の潮流は、ナショナリズムの裏返しであるようにも思えるのである。今一度、批評家たちの意見の違いを念頭において、『イノセンツ・アブロード』の特質を振り返ってみる必要があるだろう。例えば、ナポレオン三世を「アメリカ人」と呼ぶことやカンパーニャ人になりすましてアメリカ民主主義を称賛すること、これは、スパノス、クラヴィッツ、シルヴァらの考えに従うと、まさにアメリカ例外主義や帝国主義をフランスやイタリアに押し付けることと解釈されてしまう。あるいは、剣闘士をブロードウェイ風に宣伝することもアメリカの価値観の押しつけとして受け取られてしまうだろう。オスマントルコの奴隷売買の場面に至っては人種差別の肯定とみなされてしまうだろう。実際、クラヴィッツはカンパーニャ人の独白を引用したうえで、「アメリカ礼讃の言葉が限りなく並んでいる」（クラヴィッツ 五六）とそのメッセージを真剣に受け取っている。しかし、繰り返して言うならば、これらの場面はオベンジンジャーも指摘するとおり、トールテール的な虚構の産物であり、その風刺のターゲットはフランスやイタリア、オスマントルコだけでなく、母国アメリカにも向けられていることを忘れるべきではないだろう。また、パレスチナの現状を描写する際に、現地人の貧困を中心に、その想像と大きく異なる惨状を伝える場面も、帝国主義的に考えれば人種差別的に映るかもしれない。しかし、既に述べたように、トウェインの主眼の一つは目の前の現実をそのまま伝えることと、そのために不条理な想像の世界は徹底して剥ぎ取ることであったはずだ。むしろアメリカ人の想像通りのパレスチナを描くことは、トウェインが批判したグライムズ氏の著作のように読者に迎合することに他ならず、かえってアメリカ発のオリエンタリズムの押し付けとなるだろう。あくまで目の前の現実を直視し、そこから延長的に想像できる世界を読者に伝えるリアリズムの手法、そして、同じく現実の腐敗を直視すべく想像的なカリカチュアを表現するためにトランスナショナルにアメリカとヨーロッパ・中東の鏡像を照らし合わせる手法、これらがこの作品の特質であったが、それがそのまま帝国主義批判の潮流の良いターゲットになったということだろう。

一方、確かにフィシュキンの言うように、この作品の虚構性ということを考えれば、その虚構と向き合う読者は、ヨーロッパ・中東の現状を眺めながら自国の社会についても思いを巡らすだろう。しかし、それはあくまでのこの作品の特性を提起してからの話であり、それなしに「『偏見、頑迷、狭量』に対する最高の解毒剤」と述べても説得力はない。何しろ、これも既に述べたことだが、〈ホーム〉を背負って、トールテール的なユーモアを漂わせ、「無知な評論家」として開き直り、それをして「アメリカ人」を押し付けてくる人々である。この強烈なアメリカ人像を見て、「偏見、頑迷、狭量」でないと言うことはできない。ただし、同時に、そのナショナリズムは、アメリカ国歌や独立宣言をふざけて扱うアメリカ人像によって寸断されもする。その姿を見て笑う読者であれば、これは逆説的に「『偏見、頑迷、狭量』に対する最高の解毒剤」となるだろう。『イノセンツ・アブロード』はその表現手法の複雑さから、帝国主義的な受け取られ方をするし、逆にそれを無理やりに否定する意見も引き出すということである。

結論――〈ホーム〉から〈ホームランド〉へ

通常、文学テクストにおいて国境を越えることは、ナショナル・アイデンティティの書き直しへと結びつくことが多いが、この作品の場合は、一方で、丘の上の町としてのアメリカのアイデンティティを聖地に求める動きをしながら、実際にその土を踏んだトウェインは聖書の世界とは似ても似つかないパレスチナの現状を生々しく伝える。また、どの国にも持ち込める極めて強固な〈ホーム〉の足場として、アメリカとヨーロッパ・中東の実情をトランスナショナルな構図で互いに照射し、その虚構性を際立たせることで、アメリカと異国とを同時にカリカチュア化する想像的空間を作り上げた。

トウェインは現代批評を予告するかのように、文化のクレオール化、あるいは、人間のノマド的行動にも言及している。例えば、フランスに三ヶ月住んだために自分の英語がフランス語と混ざってしまったアメリカ人が、イタリアのホテルで名前を記帳する際に traveler を travailleur（労働者の意味）と間違ったために、人なのか動物なのか、男性か女性か分からなくなったエピソードを紹介している。いわば、言語のクレオール化である。

私はこういう類の人物がとても好きだ。外国のホテルの受付で Whitcombs や Ainsworths や Williamses など、自分の名前をでたらめなフランス語で間違って書き込んでいる人たちだ。我々はアメリカにいるときに、イギリス人が自分の国のやり方や習慣に執拗にこだわっているのを見て笑うのだが、ここから振り返るとそれも可愛いものじゃないか。外国に来ているアメリカ人が自分の国籍をこれ見よがしに押し付けるのもどうかと思うが、自分の名前を男か女か、魚か肉か、はたまた鳥の肉なのか分からないものにしてしまい、可哀想で惨めな両性具有的フランス人になってしまった人を見るのも情けないものである。（一四九—一五〇）

トウェインはこのような「両性具有的」な人物に好感を持っているし、一方でアメリカ人やイギリス人が母国の習慣や国籍を押し付けることに疑問を感じている。また、それと同時に、好感を持っているはずの「両性具有的」な人物が母国語を失った惨めさにも言及している。この矛盾がそのまま、本論で述べてきた、トランスナショナリズムの想像的空間を提示しつつ、それを〈ホーム〉へと還元し、不条理な迷信を剥奪しながら、トランスナショナルに照射される現実の腐敗を虚構のカリカチュアで皮肉るトウェインの態度に結びついていると言える。

この意味で最も重要なのが、ロシア皇帝アレキサンダー二世と面会するシーンである。トウェイン一行はオデッサで大使館を通じてロシア皇帝との面会の約束をする。その際、挨拶文を起草したトウェインは、自分たちがアメリカ合衆国の代表となった気分であったことを告白している。つまり、ここで彼らが背負ってきた〈ホーム〉のイメージは、〈ホーム〉ではなく〈ホームランド〉へと更新されたということである。

皇帝とその家族の皆さんは、特命全権大使の一団をもてなすより我々を楽しませる方が、アメリカ国民をもてなすのに相応しいと認識していたに違いない。彼らは我々の受入れを最大限に重要視し、アメリカ合衆国全体に対する善意と友情の証としてそれを行ってくれた。我々はこのおもてなしを旅行客である我々自身のものとして受け止めた訳ではなく、あくまでアメリカ合衆国の代表として歓迎されたことに個人としての誇りを感じたのである。それは否定できない。つまり、この心からの暖かい歓迎会に国家としての誇りを感じたということだ。それは間違いない。（二五六―二五七）

これなどは一章で引用したブレアの「国家としての使命と社会的な力をイメージするための歴史的モデル」（ブレア　一二七）そのものであり、〈ホーム〉を背負った巡礼者とあいまって、ナショナリズムを強烈に表現している。しかし、この引用の中だけで、「違いない（no doubt）」、「それは否定できない（we do not deny）」、「それは間違いない（can not be doubted）」という断りが三度使われていることから、この言葉が真剣に発せられたかどうかは疑わしいと言わなくてはならない。実際、この直後コンスタンチノープルへ向かった船上で、トウェインたちは皇帝との面会を寸劇に翻案し、船のコックに皇帝を演じさせ、船員たちもアドリブで乗客たちを演じて大受けしたという（二六〇）。これは演劇の構造の中に権力者を組み込むことで、その権力を格下げする表現法である。つまり、国の代表として〈ホーム〉を〈ホームランド〉へと格上げしながら、演劇的効果で相手国のイメージを格下げしている。これも、先に述べた、言語のクレオール化を提示しながら、そこから距離を置くトウェインに見られる対立的な態度の表れでもあるだろう。

さらには、アラブの遊牧民の中を移動する一行について、トウェインは次のようにノマドという言葉を使って説明している。「遊牧民としての本能は人間としての本能である。それはアダムとともに生まれ、その子孫を通じて伝わって来たものだ。三千年もの長期に渡り、文明の力が我々から本能を消し去ろうと弛まぬ努力をして来たが、それを成すことは出来なかった。本能には一度味わったら忘れられぬ魅力がある。遊牧民としての本能はインディアンからも消し去ることはできないのだ」（三八三）。ここで使われている「本能」は、冒頭で論じた〈ホーム〉を維持する本能と無縁とは言えないだろう。ノマド的な本能と、〈ホーム〉を構築する本能が表裏一体の関係になっている。これこそが、本作品の最大の矛盾であるし、ここまで論じてきたトランスナショナリズムが〈ホーム〉のイメージへと反転する構造を裏付けるものである。しかし、さらに遡るならば、トウェインは、トランスナショナルな国家同士の比較や鏡像関係の構築を、あくまでカリカチュアを生じさせるための虚構として行っており、〈ホーム〉や〈ホームランド〉さえも一定の距離をおいて突き放している。トランスナショナリズムと〈ホームランド〉が結びつくのも、虚構の次元で、あくまで「不条理な現実」を風刺するカリカチュアの副産物として生じていると結論すべきだろう。

参考文献

Arapoglou, Eleftheria. "Mark Twain's 'Spatial Play': Venice and the Holy Land in *The Innocents Abroad*." *The Mark Twain Annual*, no. 6, 2008, pp. 101–117.

Blair, Sara. "Henry James, Race, and Empire." *A Historical Guide to Henry James*, edited by John Carlos Rowe and Eric Haralson, Oxford UP, 2012, pp. 121–168.

Cummings, Sherwood. "Mark Twain's Theory of Realism; or The Science of Piloting." *Studies in American Humor*, vol. 2, no. 3, 1976, pp. 209–221.

Dolis, John. *Transnational Na(rra)tion: Home and Homeland in Nineteenth-Century American Literature*. Fairleigh Dickinson University Press, 2015.

Fishkin, Shelley Fisher. "Transnational Mark Twain." *American Studies as Transnational Practice: Turning toward the Transpacific*, edited by Yuan Shu and Donald E. Pease, Dartmouth College Press, 2015, pp. 109–137.

Kaplan, Justin. *Mr. Clemens and Mark Twain: A Biography*. Simon and Schuster, 1966.

Kravitz, Bennett. "There's No Place Like Home: Geographies of the [American] Mind in *The Innocents Abroad*." *American Studies International*, vol. 35, no. 2, 1997, pp. 52–76.

Obenzinger, Hilton. *American Palestine: Melville, Twain, and the Holy Land Mania*. Princeton UP, 1999.

Silva, Reinaldo. "From Colonial Myopia to Cosmopolitan Clear-Sightedness and Back Again: Twain's Imperial

Relapses in Backward, Rural Societies." *The Mark Twain Annual*, no. 10, 2012, pp. 91–108.

Spanos, William V. *American Exceptionalism and the Imperatives of the Spectacle in Mark Twain's A Connecticut Yankee in King Arthur's Court*. Dartmouth College Press, 2013.

Twain, Mark. *The Innocents Abroad or The New Pilgrim's Progress*. Wordsworth Editions, 2010.

サイード、エドワード・W『文化と帝国主義』大橋洋一訳、みすず書房、二〇〇一年。

ジャイルズ、ポール「アメリカ文学を裏返す――環大西洋の海景と全地球的想像空間」田ノ口正悟・渡邉真理子訳『環大西洋の想像力――越境するアメリカン・ルネサンス文学』竹内勝徳・高橋勤編、彩流社、二〇一三年、一七―四八頁。

フォークナーにおける〈境界〉とホームランド

小谷　耕二

はじめに

ウィリアム・フォークナーの文学には〈境界〉をめぐる物語があふれている。『響きと怒り』のクエンティン・コンプソンは、旧南部の伝統的な世界像が崩壊した瓦礫のような現在のさなかにあって、拠り所を失い、自己存在の輪郭が溶融してしまう。『八月の光』のジョー・クリスマスは白人か黒人かわからないままカラーラインの境界をさまよい、周囲の人物たちの人種意識を故意に挑発して非業の死を遂げる。『アブサロム、アブサロム！』のトマス・サトペンは階級の境界線を踏みこえ社会的上昇を達成するが、南北戦争から再建期への時代変化のなかで没落し、最後には自身の出身階級と同じ貧農の人物に殺害される。〈境界〉は階級や人種、ジェンダーに限らず、宗教や地理、過去と現在のあいだ、大人と子供のあいだなど様々の局面に顔をのぞかせており、〈境界〉を超えようとする／超える人物たちの例は枚挙にいとまがない。

いうまでもなく、〈境界〉はある空間を別の空間と区切るものである。『境界から世界を見る』という本のなかで、アレクサンダー・C・ディーナーとジョシュア・ヘーガンは、まずわたしたち人間がたえず空間を区切り、そこに意味づけをほどこす「地理的存在」であるという認識から出発して、次のように述べている。「地理的な境界の主要な機能は、場所を作り出し、それらに差異をあてることである。言い換えれば、境界は、ある地理的な空間の社会的、政治的、経済的、もしくは文化的な意味を別の空間のそれらと分離するのである」(五)。こうして区切られた空間にはそれ特有の意味づけがほどこされ、その空間独自の秩序が成立することになる。

こうした〈境界〉の働きは純然たる物理的、地理的空間にとどまらず、社会的、文化的空間、心理的空間や言語的表象の空間にも適用できるだろう。単純化を恐れずに言えば、境界線を引くことで自己と他者の違いがはっきりする。つまり自己のアイデンティティが明確になる。あるいはさらに一歩踏みこんで言うならば、〈境界〉によって自己というものがつくりだされることにもなるだろう。

本稿ではフォークナー中期の作品『行け、モーセ』（*Go Down, Moses*, 1942）と『墓地への侵入者』（*Intruder in the Dust*, 1948）を取りあげ、それらの主要人物アイク・マッキャスリンやルーカス・ビーチャム、チック・マリソンがいかに〈境界〉を超えようとするかを検討する。いきおいカラーラインの問題が前景化されることになるが、従来とはやや異なった角度からそこに光を当て、次にそれが本論集の共通テーマである「ホームランド」にどのように関連しているかを考察することにする。

一　アイク・マッキャスリンのホームランド幻想

〈境界〉という観点からみると、『行け、モーセ』のアイク・マッキャスリンの物語は、南部の現実に厳然として存在していたカラーラインを自分なりに超えようとした物語であると同時に、結局は良心的南部白人のパターナリズムの限界を超えることができなかった挫折の物語でもある。まずその点を確認しておく。

アイクは、マッキャスリン農園の相続権を放棄することで、祖父キャロザーズ・マッキャスリンの罪業が招いた呪いから自由になろうとする。実際、「熊」第四章の従兄違いのキャス・エドモンズとの対話で、「ぼくは自由なんです」（『行け、モーセ』二八五）、「サム・ファーザーズがぼくを自由にしてくれたんです」（二八六）と言う。しかし結局「人間はだれひとり自由ではありえず、かりに自由であったとしても、おそらくはそれに耐えることはできないであろうということに気づく」（二六九）。さらにアイクは、北部の牧師とおぼしき男といっしょに農園から姿を消したフォンシバに、祖父からの遺産の千ドルを手渡そうとはるばるアーカンソーまで旅をして、やっと居場所を突きとめるのだが、荒涼とした、暖炉には「わずかばかりのみじめな火」（二六六）しかない小屋に住むフォンシバの「あたしは自由ですだ」（二六八）という言葉に打ちのめされ、銀行から彼女のもとに毎月三ドルの金が二八年間届くように手配だけして帰郷する。「デルタの秋」では、農園の現在の当主ロス・エドモンズの赤ん坊を抱えて狩猟テントに現れたテニーズ・ジムの孫娘に、ロスから預かった手切れ金の入った封筒を差しだし、その赤ん坊には角笛を与える。北部に帰って自分と同じ黒人の男と結婚するようにという忠告とともに示されたこのパターナリズムの身振りは、この混血女性が発する手厳しい言葉にその限界を露呈する。みずからの、そして血縁の黒人たちの、自由を願い求めたアイクの生の真摯さは疑いえないものであるがゆえになおいっそう、突然出現した祖父の罪業の影にうろたえる彼の姿は無残である。

周知のように、「熊」の第四章でアイクはマッキャスリン農園の土地台帳を読み、その断片的な記録のなかからマッキャスリン家の過去に秘められた罪深い歴史を解読していき、最後には農園の相続を拒否するのだが、その農園放棄の理由をキャスに説明するさいに、聖書の天地創造からはじまって、ローマ帝国の時代を経て、新世界アメリカの発見、さらには南北戦争に至るまでの西洋の歴史をたどる長々とした議論を行っている。ここでその議論の骨子を、やや乱暴にだが、簡単に復習しておこう。[1]

① 世の始めに、大地を創り、人間を創ったときに、神は、人間が土地を自分の所有物とするのではなく、だれのものでもない共有のものにしておくことを求めた。（ここでアイクは「同胞という共同の無名性／名もない同胞が作りあげた共同体」(the communal anonymity of brotherhood) という言葉を用いている。）

② ところが土地が共有されるエデン的な状態は歴史の当初から存在せず、世界は土地を奪いあう争いに満ちていた。

③ そこで神は人間のために新世界アメリカを見つけてやった。

④ しかし新世界も旧世界から穢れが持ちこまれる以前から呪われており、その呪いを、毒をもって毒を制し、取り除くために、神は祖父キャロザーズ・マッキャスリンを選び、さらには自分を選んだ。

アイクのこの独特の歴史観からはふたつのことが見てとれるだろう。ひとつは、アイクがみずからを暗に救世主キリストになぞらえていること。もうひとつは歴史を無化し、超越しようとする願望が潜んでいることである。アイク謂うところの呪いとは土地所有の欲望であり、それによってもたらされた奴隷制度ということになるだろうが、彼はいわば神の手先として、その呪われた世界を一新し、歴史の始源に想定した「同胞という共同の無名性」の空間、すなわち人種の差異や土地の私有を含めてあらゆる境界が消失したエデン的空間への回帰をもくろんでいるのだ。

アイクのこの境界超越願望は、荒野での狩猟体験に通底しているものである。一〇歳になって狩猟隊の一員として荒野に入ったアイクは、翌年伝説的な大熊オールド・ベンをはじめて目撃するのだが、そのときの体験は、それを通してひとつのヴィジョンが顕現する神秘的なエピファニー体験として描かれている。

そのとき、彼は熊を見た。出てきたのでもなく、あらわれたのでもなかった――ただそこにいたのだ、緑の、風もない正午の暑い光と影が織りなすまだら模様のなかに据えつけられたようにじっと動かずに、夢に見たほどに大きくはなかったが、予期していたとおりに大きく、いや、それよりも大きく、そのまだら模様の薄暗がりを背に大きさを超越して、彼を見ているのだった。それからそれは動いた。ゆっくりと空地を横切り、一瞬太陽のぎらぎらした光のなかに踏みこんだかと思うと、またその光のなかを出て、再び、立ちどまると、片方の肩ごしに彼の方をふりかえった。するとそれは消えていた。そこにいたのだ、森のなかに踏みこんだというのではなかった。すーっと薄れて、動くこともなく荒野に沈みこんでいったのだ、丁度かつて見た魚が、大きな年ふりたすずきが、昏い淵の深みにすーっと沈みこんで、ひれ一つ動かすこともなく消えていったように。(『行け、モーセ』二〇〇―〇一、傍線は筆者[2])

傍線部に注目すれば、ここではオールド・ベンの出現はどこかから「あらわれたのではなく、ただじっと動かずにそこにいた」と表現されている。つまり、時間の経過と空間的移動にともなって徐々に姿を現したのではなく、いわばいつも見慣れている日常的光景がふと気づくと非日常的光景に変貌しているように、いつのまにか姿を現している。姿を消すときも同じだ。森のなかに歩いて立ち去るのではなく、「動くこともなくすーっと薄れて」消えている。しかもその巨大な姿は「大きさを超越して」(dimentionless) いる。

オールド・ベンと遭遇する前に、アイクは銃をもたずに、また時計と磁石を放棄して荒野のなかに入っていく。これは通常、文明の利器を放棄し、その穢れを取り除くことによってはじめて荒野の主たるオールド・ベンに遭遇することが可能になるのだ、というふうに解釈されている。しかし、ここではむしろアイクが時間(時計)と空間(磁石)を超越した異次元の世界に参入するのだということを強調しておきたい。アイクは、時間と空間にいやおうなく制約された現実の世界の向こうに、時空を超越したヴィジョンとしての「熊」を幻視するのである。そしてそれと同じように、土地台帳を解読しながら、アイクは、呪われ、汚辱にみちた現実の南部の歴史の向こう側に、〈境界〉のない理想郷としてのホームランドを幻視するのだ。

しかしアイクが幻視するこのホームランドは、〈境界〉がないがゆえにまさしく「どこにも存在しない空間」、ユートピアでしかない。アイクの父バックとその双子の叔父バディは、農園の屋敷を黒人奴隷たちに明け渡し、自分たちはみずから作った丸太小屋で暮らしていた。そして夜は屋敷の玄関の閂をかけておきながら、裏口は黒人たちが出入り自由な状態にしておくという、いうなれば隠れアボリショニストであった。アイクはこの父たちの行為をさらに超えていこうとしたわけだが、前述したように、その良心的パターナリズムの限界はあらわであった。そもそも、バックとバディですら十分ではなかったがゆえに自分が神に選ばれたのだというアイクの議論は、キャスによって「逃避だよ」(二七一)と批判されているし、アイクが称揚する黒人の忍耐にしても、黒人の側からすれば忍従を正当化する一方的な考え方にしか見えない可能性も否定はできないであろう。

このアイクの現実遊離は、「昔あった話」に出てくる母ソフォンシバの描き方によってパロディ化されているとみることができる。ソフォンシバは周囲の者たちに、実家のさびれたヒュバート農園をイギリスの貴族にちなんでウォリック農園と呼ばせようとしており、まるでソフォンシバとヒュバートとが「同じ地面に上下に重なった二つの別々の農園を所有しているみたい」(『行け、モーセ』九)だった。現実の農園に、願望に根ざした幻想の農園を重ねあわせようとする構図は、アイクのホームランド幻想と軌を一にしているのである。

二　幻視者の系譜――エマソン、ジョン・ブラウン、アイク・マッキャスリン

フォークナーはこうした現実から遊離したアイクの姿に、その苦悩を十分に理解しながらも、批判の眼を向けているといえよう。批判の矛先は、現実遊離だけはなく、アイクが誇大妄想的にみずからを救世主としてひそかにキリスト、ひいては神と同一視しようとしている点にも向けられているといってよい。

やや本筋から脱線するが、アイクを思想史的に位置づけるとするならば、ラルフ・ウォルドー・エマソン、ヘンリー・デイヴィッド・ソローらの超絶主義者やジョン・ブラウンの系譜につながるのではなかろうか。現実の世界の向こう側に超越的なヴィジョンを幻視するというのは、超絶主義者に通底する志向性だといえるだろう。また、ジョン・ブラウンは、周知のとおり、北部の過激な奴隷制廃止論者で、黒人奴隷たちの武装蜂起を誘発すべく、ヴァージニア州ハーパーズ・フェリーの連邦政府の武器庫を襲撃して、最後には処刑された人物である。北

部からは奴隷制廃止のために殉死した英雄として神話化される一方で、南部からは自分が信奉する理念のためには残忍な暴力も辞さない過激な狂信者とみなされている。

興味深いことに、アイクの議論のなかにこのジョン・ブラウンへの言及がみられるのである。アイクの見解では、人間たちがまるで「犬のように歯をむき出しにして唸り」ながら、「旧世界の無価値な黄昏のなかで、旧世界のしゃぶりつくされた骨を奪いあっていた」（二四七）ために、「神は一個の卵を使って、ひとつの国家がおたがいどうしの謙譲と憐れみと寛容と誇りのなかに打ちたてられるような新しい世界を、その人間たちに見つけだしておやりになった」（二四七）。それにもかかわらず新世界に持ちこまれた奴隷制度という呪いに業を煮やしていた神の前に、同じように無価値なものになり果てていたこの新世界の「虚しい響きと無益な怒り」（二七二）のなかから、「ひとつの沈黙の声、おぞましい暴虐は最初から最後までおぞましい暴虐でしかないと信じるほど素朴で、そしてそれにもとづいて行動するほど無骨な声」（二七二）が聞こえてきて、神はその声――「黒人であるがゆえに弱き者が、ただ白人であるがゆえに強き者によって隷従させられていることに、わたしはただ反対なのです」（二七二）というジョン・ブラウンの素朴な声を聞き届けて、南北戦争によって奴隷制度が崩壊するように取り計らったのであった。

ところで、ジョン・ブラウンの伝記（*John Brown: The Making of a Martyr*, 1929）を書いた南部作家ロバート・ペン・ウォレンは、そのなかで、ブラウンの支持者であったエマソンら超絶主義者やニューイングランドの奴隷制廃止論者について、次のように書いている。(3)

彼らには、人は不完全な世界で生きなければならず、ほかの不完全な人間によって考案された不完全な制度で、自分にできることをするよう試みるべきだという哲学が理解できなかった。自分こそが真実を知っていると確信していたからである。（『ジョン・ブラウン伝』三一八）

ここではエマソンらがみずからを神と同一視して、現実世界の複雑さを捨象し、一足飛びに独善的な真理の領域へと飛躍することが指摘されている。ジョン・ブラウンは奴隷制廃止という目的のためには暴力的手段もいとわず、実際に虐殺や略奪行為も行っている。ウォレンによると「流血がなければ、罪の許しもない」という新約聖書「ヘブル人への手紙」のなかの一節がブラウンの信念だったが（二三〇）、彼にとって神の意志にそった崇高な目的があれば、手段は正当化されるのである。そしてそのようなブラウンをエマソンたちは「光の天使」（ソロー七〇六）と称して賛美したのだ。彼らにとってジョン・ブラウンは、自分たちと同様に神の意志を体現し、神と合一しているがゆえに、道徳律（the higher law）の具現であり、いかなる人為的な規範や法をも超越する存在であった。

一方、アイクはと言えば、農園の相続放棄の理由を説明するのに、神の存在を持ちだしながらキリスト教の天地創造以来の西洋史をたどるという壮大な議論を展開しているのである。ここに自分を神と同一視しようという一種の自我の肥大化を読みとることもあながち牽強付会とはいえないだろう。それに加えて、アイクの議論のなかでは、興味深いことに、神がブラウンに向かって「わたしの名前もジョン・ブラウンであるぞよ」（二七二）と言っている。ブラウンの行動が神の意を体現したものだとアイクが考えていることをうかがわせる一節だが、この神と自分とを同一視するというひそかな願望という一点において、アイクの姿がエマソンやジョン・ブラウンの系譜の延長線上に見えてくるのである。

人間がみずからを神と同一視しようとするとき、生きることにしがらみとして伴うもろもろの世俗的具象性が捨象されるのは自明の理であろう。ウォレンは、『ジョン・ブラウン伝』のなかでエマソンのジョン・ブラウンに関する「ボストン演説」を引用し、エマソンがブラウンをまったく「私心のない」ごく稀な英雄であり、「純粋な」理想主義者であり、すべての人間が見通せるくらい「透明」であるとみなしていることを指摘している（二四五）。例のあの有名な「透明な眼球」を髣髴とさせるが、ここに見られるのはエマソンのブラウン像において現実の生々しさが捨象されていることであろう。アイクの超越願望に見られる現実遊離もまた世俗性の生々しさの欠如、いわば脱身体性を特徴としている。後述するように、この点がチック・マリソンとの違いといえるだろう。

三　ルーカス・ビーチャムと「擬態」

アイクのように〈境界〉を無化するのではなく、ほかの形でそれを超えていく人物として、マッキャスリン家の黒人の血筋に属するルーカス・ビーチャムをあげることができるだろう。ルーカスがどのように〈境界〉を超えていこうとするかに関しては、とくにふたつのエピソードに着目する必要がある。ひとつはマッキャスリン家の母方の家系であるエドモンズ家のザック・エドモンズとの対決の場面、もうひとつはルーカスが名前を変えるエピソードである。

年齢もほとんど変わらず、子供のころは兄弟のように寝食を共にした幼馴染みであったルーカスとザックは、お産の床で妻が亡くなったために、ザックがルーカスの妻モリーを屋敷に住まわせ、生まれたばかりの赤ん坊ロスの世話をさせたことをめぐって、対決せざるをえない状況に追いこまれる。モリーがルーカスと自分の間に生まれたまだ赤ちゃんのヘンリーを連れてザックの屋敷に行き、そこでロスとヘンリーという二人の赤ん坊を世話するという状況が半年間つづくに及んで、ルーカスはついにモリーを返してくれるようにザックに頼みに行く。モリーはルーカスの家に帰ってくるのだが、そのときヘンリーだけではなくロスも連れて戻ってくるのである。ルーカスは、自分もモリーを返してくれるよう頼みに行ったのだから、ザックもロスを返してくれと自分のところに来るべきだと思うのだが、ザックにはその気配はない。そこでルーカスはザックの屋敷に行き、ザックと対決することになる。ベッドの上に置いた銃をはさんで二人は対峙し、銃を奪いあおうとして決闘するのだが、最後にはルーカスが銃を奪って引き金を引くも、不発に終わる。

この対決ではベッドが言ってみれば境界領域となっており、一人の女のセクシュアルな奪いあいを連想させ示唆的である。このマスキュリニティの問題に加えて、黒人とはいえ祖父キャロザーズ・マッキャスリンの男系の血を引くルーカスと、白人とはいえマッキャスリンの女系にすぎず、しかも四世代も離れたザックとの血筋の差異もカラーラインの問題に絡まりあっている。こうした人種間の複合的な〈境界〉を、ルーカスが力に訴えてでも打ち破ろうとするエピソードとみることができる。

ただそれだけではなくて、まず決闘という手段そのものが名誉を重んじる旧南部の騎士道精神に根ざした行為であることに注意する必要がある。ルーカスは夜明け方ザックの屋敷を訪れており、まだ暗いうちにザックが眠っているところを襲うこともできたのだが、明るくなるまで待っている。そしてザックが丸腰であることを知ると、自分が持っていた剃刀を投げ捨てている。卑怯な真似はせず、相手と対等な形で対決することを望むのである。つまり名誉を重んじる南部白人男性の行動様式に従っているわけだ。ここでは黒人が人種の〈境界〉を打ち破ろうとするのに白人の価値観に従うという奇妙な事態が生じているのだ。

このことはルーカスが名前を変えるエピソードに関連してくる。このエピソードはアイクが土地台帳を読んでいくさいに、ルーカスの記述にさしかかったときに言及されるもので、台帳の記述とそれについての説明は次のようになっている。

ルーカス・クィンタス・キャロザース・マッキャスリン・ビーチャム。トミーズ・テレルとテニー・ビーチャムの最後の生き残りの子供にして息子。一八七四年三月一七日生。

……**ルーシャス・クィンタス**云々ではなくて、**ルーカス・クィンタス**だった、ルーシャスと呼ばれることを拒否したからではない、ただ彼がその字をその名前から抜いてしまったただけのことなのだから。その名前自体を否定し、拒絶したのではない、なぜなら、その四分の三を利用したのだから。そうではなくて、ただその名前を取ってそれを変更し、もはやあの白人の名前ではなくそれを自分の名前にしてしまっただけなのだ、自分で作りあげ、自分が自分で生みだして名づけ、自分自身が祖先となる名前にしてしまっただけなのだ（『行け、モーセ』二六九）

ルーカスは祖父キャロザーズの名前を完全に拒絶したのではなく、ルーシャスという部分をルーカスに変えて、もはやその名前を祖父のものではなく、自分独自のものとして、自分が自分のいわば生みの親となっている。〈境界〉という文脈に引き寄せて考えるならば、名前を変えるという行為は、境界を新たに引き直すということであり、それは新たなアイデンティティを打ちたてる行為ということになる。したがって、この一節はルーカスが自分自身の主体となる、一人の黒人としての独立宣言のように読めるだろう。

また同時にそれはホミ・バーバ（Homi K. Bhabha）の「擬態」（mimicry）という概念を想起させる。ポストコロニアルの批評家ホミ・バーバは、宗主国対植民地の関係という文脈のなかで、この「擬態」という概念を被植民者の抵抗のひとつの形式として提起している。支配権力のあり方を「ほとんど同じだが完全には同じではない」（バーバ『文化の場所』一四八）程度に模倣することで、植民地に関する支配者側のステレオタイプ的言説をアンビバレントなものにし、そこに権力への抵抗の空間を開く、というのである。南部社会にあって黒人ルーカスが白人にたいして従属的な立場にあることは自明なので、ひとまずルーカスを植民地的存在とみなすならば、ホミ・バーバの「擬態」という概念はルーカスの命名行為に適用できるのではないかと思われる。カール・ゼンダー（Karl F. Zender）は「火と暖炉」におけるルーカス像を論じるなかで、ホミ・バーバの異種混淆性（hybridity）の概念に着目し、ルーカスが「老キャロザーズの声を領有／利用する（appropriate）ことで……支配と従属の関係を転倒させ」、老キャロザーズを、ルーカス自身が自分を肯定し、また家族の一体性を守るための「スポークスマンに変質させている」（ゼンダー 九五）と述べている。このゼンダーの指摘も、ルーカス擬態説のひとつの補強材料になるだろう。

実際、ルーカスが祖父のキャロザーズを擬態するのは、名前の一部変更にとどまらない。

ザックとの決闘で白人の行動様式を取るのも、ザックとは異なりキャロザーズの男系の孫であるという誇りに支えられてのことであろうし、また『墓地への侵入者』では、上等の黒羅紗の背広に帽子という、おそらくは祖父と同じようないでたちで、重い時計の鎖と「祖父がチョッキの胸ポケットに入れていたような金の爪楊枝」（二四）を身につけ、白人を白人とも思わぬような態度のルーカスの姿が強調されている。ちなみに、背広や帽子が品物はいいものの古びて擦り切れているのも、「ほとんど同じだが、完全に同じではない」という擬態性を示していると考えることができるかもしれない。もちろん黒人であるためにいくら模倣しても祖父と同じになることはないし、ルーカスが面従腹背によりキャロザーズ像そのものの転覆を企てていると考えることはできない。しかし祖父を模倣することで、ほかの白人たちとの力関係をしばしば逆転させているとは言えるのであって、その意味では、ルーカスは白人の領域にも黒人の領域にも属さない、つまり、単一のアイデンティティ概念に回収されない複合性を孕む「第三の空間」（バーバ「第三の空間」二一一、二二〇）を開くことになっていると言えるのではなかろうか。もちろんルーカスには埋蔵金探しに執着する喜劇的な側面などもあり、「擬態」のみでその造型を包括的に論じることはできないだろうが、ルーカスの個人としての自立性を照射するものとして、それはひとつの視点を提供しうるのではないかと思われる。

四　チック・マリソンと「心の真実」、あるいは身体化された言語

『墓地への侵入者』は、白人の策略にはまって殺人犯に仕立てあげられ、リンチの危機に直面したルーカスを、一六歳の白人少年チック・マリソンが、相棒の黒人少年アレック・サンダー、および七〇歳になる白人女性ミス・ハバシャムと協力して殺人事件を解明することによって、救いだすという小説である。チックの成長物語でもあり、事件解明のために墓に埋葬された死体を掘りおこす場面も出てくる一種のミステリー風冒険小説でもあり、またチックの伯父ギャヴィン・スティーヴンズが公民権運動へと向かう社会状況のなかで南部擁護論を展開するプロパガンダ的な要素も多分にある。かなり多面的な要素が混在している小説だが、ここではチックが〈境界〉をどう乗り越えるかに焦点を絞って考察することにする。

チックとルーカスのあいだには当初南部の社会規範に根ざした〈境界〉が存在している。それは一二歳の時チックがルーカスの家で食事をふるまわれたときの出来事に顕在化したものであった。ウサギ狩りでエドモンズ農園に遊びに来ていたチックは誤って川に落ち、たまたま通

りあわせたルーカスに助けられ、家まで連れて行かれ、そこで食事をご馳走される。それにたいしてチックは食事代としてコインを差しだす。ところがルーカスはそれを受け取ることを拒否する。その後チックにはこのときのコインのイメージが強迫観念となってつきまとうようになる。まだわずか一二歳の少年チックがとった行動は南部白人のパターナリズムにもとづく行動で、それが拒否されたことによって、チックは何とかルーカスに身のほどを思い知らせてやりたい、おまえは黒人なんだとわからせてやりたい、と思うのだが、その一方で、自分の行動にたいしても恥辱感をおぼえ、そこから自由になりたいと願うのである。自分が知らぬ間に染まっていた社会規範のなかにとどまりたいという気持ちと、それにたいする疑念とに引き裂かれてしまうわけである。

チックがこの内面化された〈境界〉を超えるきっかけとなるのは、身体を通した接触（touch）によってである。次に引用するのは、殺人容疑で逮捕され留置所に入れられたルーカスに、チックがギャビンといっしょに会いに行った時の場面である。

彼［チック］とルーカスはずっと鉄格子ごしにおたがいに見つめあっていた。ルーカスもまた、いまや部屋の真ん中の灯りの真下に立ち、何かの思いを顔に浮かべて彼の顔をじっと見つめていたので、彼は一瞬、ルーカスが声に出して何か言ったような気がした。しかしそうではなかった。彼は物音ひとつ立てず、黙々と辛抱強く切羽詰まったようすで彼を見つづけていた。(『墓地への侵入者』六四)[4]

ルーカスはじっと黙ったまま「切羽詰まったようすで」チックを見るのだが、そのまなざしはチックにはまるで「ルーカスが声に出して何か言ったかのように思え」、それが気になったために、チックはいったんギャビンといっしょに留置所を出たあと、ひとりでまた戻ってくる。するとこんどはルーカスはチックに「あそこに出かけて行って奴を確かめてくれ」と言い、チックはいちおう「どこへ行って、だれを見るんだい」(六六)と尋ねはするものの、それが墓場に行って、そこに埋められている人物のことを確かめろ、ということだと直観的に理解する。どこに出かけて行って、だれのことを確かめるのか、ルーカスがはっきり言ったわけではないので、このチックの理解はある意味では不自然なわけだが、むしろフォークナーは合理性や論理を超えた、別次元の理解が二人のあいだに存在していることを示唆しているのだと思われる。

この場面でフォークナーは、ルーカスの「目に宿っている、黙ったまま、希望を抱くこともない切羽詰まった思い」（六七）を聞こうとするのは、すべての白人のなかでチックのみだったと書いている。そして気がつくとチックとルーカスは鉄格子を握っているのだ。

「こっちへ来なよ。」ルーカスはそうしたが、柵の内側に入れられている子供のように、二本の鉄棒をつかみながら近づいてきたのだった。彼〔チック〕は自分でもそうしたのに気づいていなかったのだが、目を落とすと、自分の両手も二本の鉄棒をつかんでいるのだった、白い手と黒い手の二組の手が、同じ鉄棒をつかみながら、おたがいの顔をじっと見つめあっていた。「わかった」と彼は言った。「なぜだい?」（六七）

前に引用した部分の、ルーカスの眼がチックに「声に出して何か言ったようだった」という箇所は、まるでルーカスの視線そのものが身体化されて、手でふれることができる言葉になっているかのようだし、この引用部での鉄格子を握った二人の手は、おたがいに直接ふれあってはいないようだが、二人を隔てる鉄格子を通して結ばれているような印象を与える。カラーラインという鉄格子を越えて白い手と黒い手とが結ばれる。そうした劇的な構図に見えてくる。身体的接触が〈境界〉を除去したり、溶融させたりしてしまうということは、理屈においても経験的にも理解しやすい道理である。このことを端的に示す名高い場面が『アブサロム、アブサロム！』にある。サトペンの息子ヘンリーがチャールズ・ボンを殺害したとの知らせを聞いて、サトペン屋敷に駆けつけ、階上に駆けあがろうとするローザをクライティの黒い手が引きとめる場面である。ローザは身体的接触のもつ意味を次のように語っている。

なぜなら、肉と肉との接触は、端正な秩序の曲がりくねった複雑な道筋を無視し、それを飛び越えてまっすぐ鋭く進んでいくもので、愛しあう者ばかりか憎みあう者も、そのような体どうしの接触によって、恋人にも敵にもなれることをよく知っているからで——それは、これが自分だという、自分だけの《中心的自我》の秘められた砦どうしの接触であり、精神ではなく、魂の問題なのです、だって縛りを解かれた貪欲な心は、この世の仮住まいの暗い廊下のようなところに連れ込まれて、相手の好きなようにされるものなのです。ですが、ひとたび肉と肉が触れあえば、その瞬間、身分の違いとか肌の色の違いとかいう、卵の殻のようなもろい掟はすべて崩れ落ちていきます。(『アブサロム』一一一—一一二)(5)

ここでは「端正な秩序の曲がりくねった複雑な道筋」とは、社会の規範やそれにもとづいた合理性や論理的思考などを指していると解釈することが可能であろうし、身体的接触が存在の中核部分のふれあいであって、「身分の違い」や「肌の色の違い」のような〈境界〉を超えていく力をもっているものとして捉えられている。さらに、同じ『アブサロム』の別の箇所で、クエンティンとシュリーヴは、ヘンリーの求めに応じてサトペン家を訪問することにしたチャールズ・ボンの心中を推測して、そのときボンがほんとうに望んでいたのは、仮にサトペンから息子だと認知されなくても、ただ「その同じ血によって彼［ボン］が生まれる前にあの男［サトペン］を暖めた肉体にこっそりとでもいいからじかにふれること」（二五五）だったのだ、と考えている。言葉による認知以上に、身体がふれることで感得されるより深い次元での存在の肯定を、ボンが求めていたというのである。

『行け、モーセ』においても身体的接触が強調されている。ルーカスとザックの決闘の場面で二人が銃を奪いあおうとして取っ組みあうようすは、「抱擁」（embrace）と表現されている（五六）、オールド・ベンが喉元に食らいついた犬のライオンを抱きかかえるようにして倒れる場面では「愛する者のような」（loverlike）という言葉が用いられている（二三〇）。ただ〈境界〉に通路を開くのに、フォークナーは身体的接触に劣らず心の方も強調しているのではないかと考えることができるように思う。二人が仲のいい幼馴染みだったことを考慮すれば、ルーカスとザックのあいだには一人の女、またマスキュリニティや、人種の境界をめぐって憎しみの感情のみがあったわけではなく、それ以上のいわく言い難い感情が共有されていたように思える。オールド・ベンとライオンのあいだにも狩る者と狩られる者との闘争心以上の何かが存在していたはずである。仮に動物に感情があるか否かには疑問があるとするにしても、すくなくともフォークナーは闘争心以外の何かをそこに見ていたはずである。そうすると実は身体的接触とは心と心がふれあうことであって、身体とは心が身にまとったあたたかい肉みたいなものではないか。いささか気恥ずかしくなるくらいロマンチックな響きがしないでもないが、そう考えることができるのではなかろうか。あるいは、心が受肉したものが身体だと言っていいかもしれない。いずれにせよ、精神と肉体という二元論とは異なり、ここでのフォークナーの考える身体とは心身がひとつに融合した状態が形として現れたものなのではないかと思われるのである。つまり身体には心が溶融し、隅々まで浸透している。そしてそのことが次に述べる真実を伝える言葉の問題につながってくるように思える。

藤平育子はミス・ハバシャムの言語に着目し、彼女の単純な言葉の繰り返し、その語彙の貧困が逆に「真実を語る積極的な力」(藤平 四六)となることに、チックは目を開かれるのだと指摘している。単純な言葉というものは往々にして複雑な現実を単純にステレオタイプ化した符牒と化しかねないものだが、逆にそこに真実を簡潔に表現する力も宿るのだというわけである。これはたいへん興味深い指摘だが、実はアイク・マッキャスリンがそれに似通ったこと、あるいはそれに通じるようなことを述べているのである。アイクはキャスとの議論のなかで、聖書について、おおまかに要約するとこう語っている。

①聖書に書かれている真実は、心によって読まれるために書かれているのであって、地上の賢者たちが、どれが真実か選ばなくてはならないようなものではない。
②聖書はそうした賢者たちのために書かれているのではなく、「心しか読むすべがない、地上の呪われた、つつましい者たち」のために書かれている。
③真実はひとつしかなく、それは心に「ふれる」(touch) ものすべてを覆っている。(『行け、モーセ』二四九)

これはチックとルーカスのあいだの理解にもあてはまることであって、鉄格子をはさんで対面したチックがルーカスの身体化したまなざしにふれてその思いを知ったのは、まさしく心によってというほかない。どこに行き、だれのことを確かめるのか、といった合理的な思考を超えたところに、チックの直観的理解は生じていた。チックは「賢者たち」のように「何が真実か選ぶ」必要などなかったのである。さらにここで「ふれる」（touch）という言葉が用いられていることにも注意する必要がある。いうまでもなく、タッチとは身体にも心にも「ふれる」ことである。したがって、「心しか読むすべがない者」にとっては、いちばん単純で直接的な言語は身体だと考えることができるかもしれないのだ。そこでは心と身体はひとつに溶けあっている。

こうした考えを抱いているアイクが、「賢者のように」壮大な議論を展開しているのはいかにもアイロニカルであるが、彼の身体的接触の場面としてはふたつの場面が思い浮かぶ。ひとつは「デルタの秋」で例の混血の女性に金を渡そうとするとき、アイクの指が一瞬彼女の手にふれるところである。そのときアイクは「テニーズ・ジムか」（三四五）とつぶやいている。このときアイクにある感慨が流れたのは間違いなかろうが、ただ彼は、おそらくはマッキャスリン家の黒々とした血の歴史をそこに感じて、すぐにその手を引っこめてしまうのである。もうひとつは、「熊」第四章の結末部に描かれる妻とのセックスの場面であるが、肉体と引き換えに農場の相続を迫る妻とのあいだの身体の交渉に心と身体の融合は見られない。アイクの妻のヒステリックな絶望の笑いは何よりもそのことの反映であろうし、アイクはといえば、血の持続という形で連綿と受け継がれていく身体性がそこで途絶えてしまうのである。

それにたいして、チックは単純な、身体としての言語、「心の真実」を通して、ルーカスとの〈境界〉に小さな通路を開いたのだと言えるのではないだろうか。

結びに代えて――「俯瞰するまなざし」と「身体」について

ここまでアイク、ルーカス、チックが三者三様に〈境界〉を超えるそのありようを見てきた。ここでの境界はすべて人種間の境界、それもどちらかといえば内面化された境界であった。ただ、境界というものは基本的に空間的な概念であるし、フォークナー自身、二度にわたってヨクナパトーファ郡の文学地図を作成しているように、すぐれて場所と結びついた歴史的想像力をもった作家であった。そうした空間／場所としての境界という点から見れば、この三人の境界を越えようとする試みはどのように捉えられるだろうか。

ロバート・T・タリー・ジュニア（Robert T. Tally Jr.）は「文学は地図作成の一形態として機能して」（タリー 二）おり、「地図を描くことは物語を語ることであり、またその逆も真なり」（四）と述べている。空間上に境界線を引くという行為を一種の地図作成とみなすことができるならば、境界線を越えるという行為によっても、船の後ろに水脈が形づくられるように、そこに新たな地図が描きだされるということになるだろう。とすれば、上述の問いは、本稿で取りあげた三人の登場人物がどのような地図を描いたかを考えることだと言い換えてもよいことになる。フォークナーにとってホームランドであったアメリカ南部を舞台にした小説のなかで、これらの人物はどのようなホームランドの地図を描きだしているのだろうか。

昨今フォークナーの地理的想像力という観点からその空間や場所の問題を再考する動きが高まっている。『ミシシッピ・クォータリー』誌二〇〇四年秋号のフォークナー特集ではジョゼフ・アーゴやトマス・マクヘイニー、ホーテンス・スピラーズらが名を連ね、ヨクナパトーファの地図や空間性について考察している。二〇〇九年にはチャールズ・エイケン（Charles S. Aiken）という地理学者が『ウィリアム・フォークナーと南部の風景』（*William Faulkner and the Southern Landscape*）という研究書を上梓し、フォークナーの現実のホームランドであるミシシッピ州ラファイエット郡と架空の文学空間ヨクナパトーファ郡の地理的並行関係を詳細に吟味し、いかに前者が後者に変容していったかを跡づけている。さらに、二〇一一年には「フォークナーとヨクナパトーファ」会議シリーズの一冊として『フォークナーの地理学』

(*Faulkner's Geographies*) が出版されている。このような研究動向に触発される形で以下に若干の試論的考察を行うことにする。そのキーワードは「俯瞰するまなざし」と「身体」である。

アイクは聖書的起源から西洋の歴史をたどることによって幻想のホームランドを描きだしたといえようが、ここで注目すべきはそこに見られる「俯瞰するまなざし」であろう。野家啓一が指摘しているとおり、もともと年代記的な歴史観、歴史全体の鳥瞰図は神のような存在によってのみ可能なものであり（野家 一三八）、アイクの西洋史全体を俯瞰するまなざしは神の視点と重なるものだと考えられる。(6) それは、すでに指摘したように、アイクがみずからをキリストと同一視しようとしていることと通底しているだろう。そしてその同一視のプロセスにおいて「身体」が捨象されることについても前述したとおりである。たしかに「熊」第四章全体を見れば、そこではアイクが出奔したフォンシバを捜索し再会するエピソード、零落したヒュバート・ビーチャムがアイクの遺産の金をすこしずつ借用していた話、そしてアイクとその妻の心身両面における深い亀裂の物語など、マッキャスリン家の家族史の具体的断片が感動的にかつ哀切に活写されている。しかしそうした個々のエピソードの具体性がアイクの俯瞰するまなざしからはこぼれ落ちてしまうのである。

このまなざしは支配や所有の問題に結びついている。タリーは、「近代の初期に地図が世界を見る主たる方法となり、ひいてはそれが世界において権力を行使する方法となった」(タリー 一二五)ことを指摘している。世界を俯瞰して地図を作成することは、所有し支配することなのである。その意味で、フォークナーが自分で作成したヨクナパトーファの地図に、自分がその「ただ一人の所有者かつ占有者」である旨書き記したのは、示唆的である。アイクの場合も同様で、自分自身が西洋史を俯瞰しその全体的な歴史地図をつくりだすことで、幻想のホームランドを所有し、支配しようとするのである。アイクはマッキャスリン家の黒人たちの自由を願い、農園の遺産相続を拒否するのだが、そこには彼自身気づいていない支配や所有の願望が影を落としていたのだといえよう。そしてそれはアイクのパターナリズムの限界と符合するものでもあった。

一方、チックの場合も、ギャヴィン・スティーヴンズと丘の上の教会の墓地に車で向かう途中、故郷の土地を見下ろす場面がある。この場面はエイケンが「[ヨクナパトーファ]郡の小規模な地理的背景のもっとも鮮やかな描写」(エイケン 二一一)と呼んでいる箇所であるが、そこでチックは「自分の生まれた土地全体、自分の故郷が(中略)ひとつのゆっくりとした音のない爆発となって眼下に地図のように広がっているのが見えるように」(『墓地への侵入者』一四八)思うのである。チックの視線は東の方のアラバマへと連なる重なりあった尾根や、西と南の靄にかすんだ地平線の彼方のミシシッピ川のほうへと向かうのであるが、いつのまにか眼下の故郷の景色は、いまや「地理的な場所ですらなく、ひとつの情緒的理念」――生まれた時から恐れ、憎むのではなく、たえず挑戦すべく警戒しておくよう教えこまれた「ひとつの状態」（二四九）となっている北部と北部の人々への思念へと変わっていき、そのチックの「思考と一体となるようにして」（二五〇）ギャビンが南部人の同質性や州権論、さらには時間はかかるが南部みずからが人種問題を解決せねばならないという議論を語りだす。このチックの俯瞰するまなざしからギャビンの南部論への移行が、チックがギャビンの意見に同調していることを示しているのかどうかは定かではない。ギャビンにチックが表立った反論をしているわけではなく、その可能性がないとはいえないであろうが、ただ以下の点は考慮する必要があるだろう。

実はこの場面の直前、車が丘を登る道に入る前に、チックは驚いたことに畑仕事をしている黒人を見つけ、五〇ヤードほど離れてはいたが、その黒人と一瞬「目と目を合わせ、おたがいの顔を覗きこんで」いる。チックが驚いたのは、本来ならば五月初旬のこの時期には黒人の農夫たちは畑に出て野良仕事をしているはずで何も驚くことはないのだが、この日はみんなルーカスがリンチされるのを予測して家のなかに息をひそめていたからである。このときのその黒人の顔は「汗で輝き、渾身の力がこもって情熱にあふれ、緊張し、集中し、平静で」あったと書かれており、チックは車が通りすぎたあとも体ごとふりかえって後部の窓から、「じっと動かず大地に根をおろした」その姿をずっと見つめている（一四五）。このときチックの心にどのような思いが浮かんだのかは明記されてはいない。しかし、チックとこの黒人の視線の交わりは、鉄格子ごしに交わされたチックとルーカスの視線、結ばれた彼らの手のイメージを喚起するものであり、おそらくは、危急のさいにあっても平静さを失わず、日々の営みに傾注するつつましい民の生のありよう、そうした生を支える「耐えしのぶ大地」（一四三）の揺るがぬ力、その力が充満した身体といったものを、チックは感じとっていたのではなかろうか。

車で移動しているときのチックの眼は、五月の陽光に照らされた畑や森、「尼僧のように」（一四三）一斉に咲きはじめたハナミズキや川面のきらめき、鼻をつく松脂の匂い、黒人の住む小屋や泥道などなど、空間のなかに存在する様々の事物を捉えている。こうした事物の具象性が「大地に根をおろした」黒人の身体に収斂し、チックのホームランドのイメージを形づくっているように思われる。そしてそれが、チックの俯瞰するまなざしがアイクの場合のように超越的な、脱身体的なホームランド幻想へと遊離するのを防いでいるといっていいのではなかろうか。

先に言及した『フォークナーの地理学』に収められた論文のなかで、バーバラ・ラッド（Barbara Ladd）は、リージョナリズムやナショナリズムの言説に回収されない「クロスロード・ローカル」（crossroads local）という概念を用いてフォークナーを読む可能性を提唱している。ラッドによれば、規格化や標準化を志向するモダニズムにおいてはバフチン的なグロテスクな身体、未完成であるがゆえに創造的な身体が捨象されるという（ラッド 九）。そこでは具象的な「場所」が平準化され、抽象的な「空間」が出現するというのである。ラッドはそうした規格化や標準化のなかで抑圧され、周縁化されたものが表出する場所を「ローカル」なものと規定している。そしてたとえば「南部」といったすでに地図化され、規格化された地域を超えたより広いグローバルな時空に新たなものが生まれる潜在的な力の存在を想定し、それを「クロスロード・ローカル」と呼んでいるのである（一一）。そして、たとえば『アブサロム、アブサロム！』における「語ることと聞くこととの幸福な結婚」や、先に言及したローザとクライティの「肉と肉の接触」ほどローカルなものはないと指摘している（一二）。

こうしたラッドの所論を、ここまで縷々述べてきた議論に適用して、本稿の暫定的なまとめとしておきたい。たしかに、チックとルーカスの結ばれた白い手と黒い手にバフチン的な意味での身体のグロテスクさをどの程度まで認めることができるのかどうかについては議論の余地があろう。しかしその劇的な構図は、当時の社会規範からすれば十分に逸脱的であり、そこに身体の言語を通して「心の真実」が開示されるという意味では創造性を秘めていると考えることもできる。さらに、アイクの俯瞰するまなざしからは身体性が欠落し、そのホームランド幻想が抽象的なユートピア空間となっているのに対し、チックは抽象的な「空間」からこぼれ落ちたものが堆積する具体的な「場所」に根ざしたホームランドを描きだしている。それはおそらくギャビンが滔々と論じる規範的な南部像からは逸脱するものであり、その一方で、ルーカスが「擬態」により構築しようとしている「第三の空間」へとどこかで道を開く可能性を孕んだものにも思われるのである。

註

（1）アイクの歴史観および彼の超越願望については拙論「歴史を書く／歴史のなかで書く」において論じたことがあることをお断りしておく。

（2）『行け、モーセ』の日本語訳については冨山房版『フォークナー全集 16』の大橋健三郎訳を参照している。ただし一部訳語を変更している箇所がある。

（3）ウォレンのジョン・ブラウン観の詳細については拙論「南部作家とジョン・ブラウン」を参照されたい。

（4）『墓地への侵入者』の日本語訳については冨山房版『フォークナー全集 17』の鈴木建三訳を参照している。ただし訳語を変更している箇所もある。

（5）『アブサロム、アブサロム！』の日本語訳は岩波文庫版の藤平育子訳を借用している。

（6）俯瞰するまなざしが神の視点に重なることについては、山本裕子も論文「移動性の法則」（五四頁）においてミシェル・ド・セルトーに依拠して指摘している。。

参考文献

Aiken, Charles S. *William Faulkner and the Southern Landscape*. Athens: University of Georgia Press, 2009.

Bhabha, Homi K. "The Third Space: Interview with Homi Bhabha." Jonathan Rutherford, ed. *Identity: Community, Culture, Difference*. London: Lawrence & Wishart, 1998: 207–21.

Faulkner, William. *Absalom, Absalom!* 1936; New York: Vintage International, 1990.

——. *Go Down, Moses*. 1942; New York: Vintage International, 1990.

——. *Intruder in the Dust*. 1948; New York: Vintage International, 1991.

Fujihira, Ikuko. "Eunice Habersham's Lessons in *Intruder in the Dust*." Michel Gresset and Patrick Samway, S.J. eds. *A Gathering of Evidence: Essays on William Faulkner's Intruder in the Dust*. Philadelphia, PA: Saint Joseph's UP, 2004: 37–56.

Giles, Paul. *The Global Remapping of American Literature*. Princeton: Princeton UP, 2011.

Kodat, Catherine Gunther. "Posting Yoknapatawpha." *The Mississippi Quarterly* 57. 4 (Fall 2004): 593–618.

Ladd, Barbara. "Local Places / Modern Spaces: The Crossroads Local in Faulkner." Jay Watson and Ann J. Abadie, eds. *Faulkner's Geographies: Faulkner and Yoknapatawpha, 2011*. Jackson: University Press of Mississippi, 2015: 3–16.

McHaney, Thomas L. "First Is Jefferson: Faulkner Shapes His Domain." *The Mississippi Quarterly* 57. 4 (Fall 2004): 511–34.

Spillers, Hortense J. "Topographical Topics: Faulknerian Space." *The Mississippi Quarterly* 57. 4 (Fall 2004): 535–68.

Tally Jr., Robert T. *Spatiality*. London and New Yoek: Routledge, 2013.

Thoreau Henry David. "A Plea for Captain John Brown." Brooks Atkinson, ed. *Walden and Other Writings*. New York: Modern Library, 1937.

Urgo, Joseph R. "The Yoknapatawpha Project: The Map of a Deeper Existence." *The Mississippi Quarterly* 57. 4 (Fall 2004): 639–55.

Warren, Robert Penn. *John Brown: The Making of a Martyr*. 1929; Nashville, Tenn.: J. S. Sanders & Co., 1993.

Winestein, Philip M. *Faulkner's Subject: A Cosmos No One Owns*. New York: Cambridge UP, 1992.

Zender, Karl F. *Faulkner and the Politics of Reading*. Baton Rouge: Louisiana State UP, 2002.

小谷耕二「南部作家とジョン・ブラウン――ロバート・ペン・ウォレン『ジョン・ブラウン伝』を中心に」松本昇・高橋勤・君塚淳一（編）『ジョン・ブラウンの屍を越えて 南北戦争とその時代』金星堂、二〇一六年、二五三―二七六頁。

――「歴史を書く／歴史のなかで書く――フォークナー『行け、モーセ』と歴史認識」『英語青年』第一四八巻第一二号（二〇〇三年三月）、一〇―一二、三三頁。

ディーナー、A・C、ジョシュア・ヘーガン『境界から世界を見る ボーダースタディーズ入門』岩波書店、二〇一五年。

時実早苗「地図的想像力」『フォークナー』第九号（二〇〇七年四月）、六〇―六八頁。

野家啓一『物語の哲学』岩波現代文庫、二〇〇五年。

バーバ、ホミ・K『文化の場所 ポストコロニアリズムの位相』法政大学出版局、二〇〇五年。

山本裕子「移動性の法則――スノープス三部作と地理的想像力」『フォークナー』第一九号（二〇一七年四月）、三九―五九頁。

カレン・テイ・ヤマシタのホームランド

――『Iホテル』におけるサンフランシスコのアジア系移民の故郷と物語空間

喜納　育江

はじめに

カレン・テイ・ヤマシタ（Karen Tei Yamashita, 1951–）は、カリフォルニア州オークランドに生まれた。ミネソタ州のカールトン大学を卒業後、祖先を訪ねて日本に一年間滞在した後、ブラジルの日系移民とそのコミュニティの調査のためにブラジルに渡る。ブラジルで九年を過ごした後、アメリカに帰国してから一九九〇年に出版した小説『熱帯雨林の彼方へ』（*Through the Arc of Rainforest*）は、一九九一年の全米図書賞（American Book Award）を受賞した。ヤマシタの両親が第二次世界大戦中の日系人強制収容を経験した日系二世であったことから、ヤマシタにとっても日系人の強制収容は決して他人事ではない出来事だったはずだが、『熱帯雨林の彼方へ』には、強制収容所に関するような記述は全くない。この点で、『さらばマンザナー』(*Farewell to Manzanar*, 1973) で、幼少期の収容所体験を綴ったジーン・ワカツキ・ヒューストンとは異なる。また、ヤマシタと同じ日系三世で、同じくサンフランシスコ湾岸地域 (ベイエリア) に在住する詩人のジャニス・ミリキタニは、戦後、長い沈黙を破って強制収容の不当性を合衆国に訴えた二世の母親の姿を『沈黙を脱ぎ落とす』(*Shedding Silence*, 1987) に描いたが、そのミリキタニとも異なっている。

二〇一七年に出版された『記憶への手紙』(*Letters to Memory*) で、亡くなった家族や親族が遺《のこ》した手紙や写真などのアーカイブにもとづいたライフヒストリーに言及するまで、ヤマシタの作品には、違和感を覚えるほど日系人強制収容所体験に関する具体的な言及が不在だった。ヤマシタへのインタビューで、「他の日系アメリカ人の文学では自らの内面や経験に焦点が当てられているのに比べ、あなたの作品にはエスニックグループ全体の歴史にとってトラウマ的経験だった収容所に関する描写が不在であるばかりか、その関心が日系だけでなく他のマイノリティにも向かっている」という筆者の指摘に対し、ヤマシタは、「日系アメリカ人は、まるで自分たちの集団の周囲に見えない壁を建てているかのように、自分たちのことしか書かない」と語った[1]。このような応答からも、ヤマシタが関心を寄せる人々は、カリフォルニアやアメリカ合衆国における日系移民のコミュニティに限られていないことが伺える。

それでは、ヤマシタは、自身を含む日系アメリカ人が多く生活するカリフォルニアという場所についてどのように考えているのだろうか。同じインタビューで、彼女に「あなたにとって故郷（ホーム）とは何ですか」と尋ねた際の、ヤマシタの答えは私を戸惑わせた。

「故郷」とは、結局のところ自分自身の「身体」なのだと思う。どこへ行こうとも、どこであろうとも、シャワーを浴びて、グラス一杯のワインが飲めたら、私はそれで満足よ[2]。

ヤマシタの読者は、この言葉をどう理解すれば良いのだろうか。「ホーム」あるいは「ホームランド」が「自分自身の身体である」とは、どのような意味なのだろうか。「ヤマシタのホームランド」を考察しようとするとき、そもそも「ホーム」や「ホームランド」という概念が、ヤマシタにとってどのような意味を持つかを問うところから始めなくてはならないだろう。さらに言えば、ヤマシタにとっての「ホーム」や「ホームランド」について問うことは、ヤマシタ自身と、彼女が属する、あるいは関心の対象となっているコミュニティとの関係性を問うことにほかならない。本稿では、カリフォルニアを生まれ故郷としつつ、その場所で共存してきた日系人以外のコミュニティを、日系三世のヤマシタがどのようなまなざしで捉え、表現しているのかを、ヤマシタの『サークルKサイクル』（*Circle K Cycles*, 2001）と、『Iホテル』（*I Hotel*, 2010）を通して考察する。

一　移動する日系人

ヤマシタにとっての「ホーム」について考えようとするとき、彼女が幼い頃から現在に至るまで、頻繁に「移動」を経験してきたという事実は注目に値する。ヤマシタにとって、人生初の「移動」の経験は、彼女がオークランドで生まれた後、一家でロサンゼルスに移り住んだ時期に遡る。オークランドで牧師をしていたヤマシタの父、ジョン・ヒロシ・ヤマシタが、ロサンゼルスのセンテナリー・メソジスト教会に赴任したのである。

彼女の父親であるジョンの存在は、その後のヤマシタ自身の「移動」、そして「移動」や一九五〇年代、れ、収容所から解放され、の幼い子どもと「昔ながらのアメリカンドリーム」の実現に向けて再出発しようとする若い日系二世の両親を迎え入れたのは、ロサンゼルス市内にあるガーディーナ地区だった。ガーディーナには、ロサンゼルスにある日系アメリカ人の経営する商店が数ブロックに渡って軒を連ねるコミュニティがあり、父の教会はその中心にあったとヤマシタは回想している（『記憶への手紙』一〇四）。日系人が必要とするもの全てが揃っていたそのコミュニティを、ヤマシタは大学進学を機に離れた。彼女が「とても良いところだったけれど、少し排他的（cliquish）だった」[3]と語るその場所を出て進学したのは、両親が卒業したカリフォルニア大学バークレー校ではなく、中西部のミネソタ州にあるカールトン大学だった。「世界を知るためにはカリフォルニアから出て行かなくてはならない」と、慣れ親しんだカリフォルニアを出て、異なった外の世界を見るよう強く勧めたのは父親のジョンだったという。[4] ヤマシタ自身が「そもそも父は収容所に入れられるためにカリフォルニアを出ることになった」と指摘するように、[5] 戦時中、強制収容という強いられた形だったとはいえ、州外への「移動」が、ジョンにとっては自らの日系人という立場をさまざまな関係性の中で俯瞰的に捉える機会となったのである。

カールトン大学は、当時全学でも在校生四千人ほどの小規模なリベラルアーツカレッジだった。ヤマシタにとってこの「移動」は、そのコミュニティの感覚にどのような影響を与えたのだろうか。インタビューでヤマシタは、大学時代の記憶を次のように語った。

ヤマシタ　中西部は色々な点がカリフォルニアとは違っていて面白かった。人と土地との関係も異なっていたし。雪が降ったのを見たこともなかった。紅葉もね。カリフォルニアは雨のほとんど降らない乾燥地帯だけど、海もあれば、レッドウッドの森もある。ガーディーナは日系人コミュニティで、父は日系人キリスト教会の牧師だったから、友達も日系三世の子ばかりだった。すごく閉鎖された世界で育ったのよ。黒人は少しいたけど、当時はラテン系はあまりいなかった。友達に白人はいなかった。ユダヤ系は数名いたかな。でもカールトンでは、ほとんど中西部出身の人たちだったけど、白人も含めていろんな人と仲良くなった。

喜納　カールトン大学は学生の多様性を推奨するような大学でしたか。

ヤマシタ　そうね。都会の黒人層の学生がいた。ラテン系はそれほどいなかったけど。クラスには十名あまりアジア系の学生もいて、その半数が香港からの留学生だった。日本からの留学生もいた。お父さんが国連で働いているという中国系の学生もいた。興味深かったのは、中国系ジャマイカ人がいたことかな。それから数名、ハワイ出身の子もいて、ロサンゼルスから来ていた学生は二人ぐらいだった。[6]

『サークルKサイクル』にも書かれているように、一九七〇年代は、全世界的に若者による政治運動が展開されていた時期で、アメリカでもアジア系アメリカ人がベトナム反戦運動と連動しながらアイデンティティを探求していた時期だった（一一）。ヤマシタは、アメリカ社会における「日系」という人種やエスニシティを自覚しながらも、それらが枠組みとなって、彼女のアイデンティティを人種的に固定しようと働く瞬間には敏感に反応し、違和を唱える。ヤマシタが大学生だった当時、カールトン大学でも、ベトナム反戦運動が盛んだった。反戦運動の参加者の中のたった一人のアジア系アメリカ人として、アジアの同胞が攻撃されているかのような怒りを覚えつつ、日系人である自分がアジア系の人々全てを代表しているかのような立場に立たされたことには違和感を覚えたという。[7]

初めて来日した際に彼女が日本社会で感じた人種偏見については、二〇〇一年に発表した

『サークルKサイクル』に書かれている。ヤマシタが日本を訪れたのは、岐阜県出身だった父方の祖父の親族や、母の両親の出身地だった長野県の親族について調査するためだった。日本に滞在する中で、日系アメリカ人としての自分のふるまいと、日本人のそれとの違いに戸惑ったヤマシタは、少しずつ日本人に近づこうと、「典型的なカリフォルニアのアメリカ人三世」だった自分の身なりやふるまい方を日本風に変えることにより、そのコミュニティに受け入れられようと努力するが（一二）、日本人は、相変わらず彼女が日本人かどうかを問うた。それに対し、彼女の両親の出自について答えると、日本人は驚いて「あら、それじゃああなたは純粋な日本人なのね」と言ったという。(8) この答えを聞いた時の胸の内を彼女は次のように書いている。

「純粋な日本人」とは一体何なのだろうか。私は傷つき、憤りを感じた。私は、私自身の日系の人々を含む多くの人々が、長い間、人種差別や人種排斥の痛みと闘ってきた国からやって来た。人種の純粋性は、私が価値を置いたり、重要だと思ったりするものではなかった。しかし、日本で、私は受け入れられようと、そして、そこに属しようと必死になっていた。（一二）

この日本での経験の後、大学を卒業したヤマシタは、日系ブラジル移民のコミュニティに関する研究を行うために、トマス・ワトソンの奨学生として今度はブラジルへと移動した。そこでブラジル人と結婚し、サンパウロで二人の子どもを出産した。その後、文化的に多種多様な店が立ち並ぶ、町の中心の高層ビルに、九年近く住むことになるのだが、そこで、「日系」というアイデンティティに関し、日本とは全く異なる視線を向けられる経験をする。それは、日本の食材や日用品を売る店の店主と世間話をした時だった。一九三〇年代にブラジルに移民してきた一世の店主に聞かれるがまま、ヤマシタは自分が日系三世であること、そして、岐阜や長野に先祖のいる「純粋な日本人」であることを告げる。

その時の彼の反応を私は今も覚えている。「へえ」と、彼は驚きと信じられない気持ちが入り混じったような声を上げた。「三世ともなるとこんなに違ってくるんだね」。まるで私が、ダーウィンの進化論のようなものを加速させた結果としての、奇妙で面白い変貌を体現しているといわんばかりだった。ブラジルは人が温かく人懐こい場所だ。そこで誰かに対して怒ることは難しい。彼の反応は裏表のない真正直なものだった。私は何だ

か愉快になって笑ってしまった。(一三)

ヤマシタにとって、見慣れた人や風景に囲まれた居心地の良い場所に留まることと、「純粋さ」に価値を置く人種観は、変化しようとするものの動きを止め、固定するという点で似ていたと言える。「定着」や「純粋さ」とは対極的な「移動」や「混淆」にこそ、人間存在の現実がある。ヤマシタが求める「ホーム」は、そうした現実と折り合いをつけながら具象化されていく価値なのである。

二 「ニッケイ」というアイデンティティと「ホーム」

ヤマシタの祖父母は、故郷へ二度と戻らないことを覚悟してカリフォルニアに移住してきた日本人であり、移民となった時点で故郷の喪失を経験している。そして、アメリカで生まれた二世の両親の「ホーム」はアメリカ以外にはなかったはずだが、強制収容所へと移動を強いられた時点で、「ホーム」を喪失するという経験をしている。二世代にわたる「移動」とその記憶が、三世のヤマシタが「定着」よりも「移動」の方に関心を寄せ、より価値を見出すきっかけとなったとも考えられる。

『サークルKサイクル』は、ヤマシタが日本の国際交流基金からの助成金を得て、一九九七年三月から八月の半年間、夫と娘と息子と共に愛知県の瀬戸市に六ヶ月間滞在した時の記録である。自叙伝の要素や、家族の日本滞在記の要素、そして、文化やアイデンティティについての彼女の持論、そして、短編小説をコラージュしたようなスタイルで、ヤマシタの作品の中では、異彩を放っている作品である。文化的に適応するのに困難を感じた学生時代の日本滞在から二〇年余の時を経て、再び日本を訪れたのは、一九九〇年以降、日本に出稼ぎに来るようになった日系ブラジル人のコミュニティに関する調査を行うためだった。日本政府は、バブル経済を下支えする不熟練労働、つまりブルーカラー労働に従事する外国人労働者を増やすために、一九九〇年、「日系人」であるということを条件に、ブラジルをはじめ、ペルーやアルゼンチンなどの日系二世や三世に対して、労働ビザを発給する法律を成立させた。ブラジルは、日本からの移民が世界で最も多かった国だった。ヤマシタが日本に滞在した一九九七年当時、日本にいる日系ブラジル人の数は二〇万人を越えたが、これは、ブラジルにいる日系人の約一三パーセントにも達する数だった（『サークルKサイクル』一四）外国人の労働力に依存しなくてはならない状況にあったにもかかわらず、労働ビザを発給する外国人を、日本人の血統を継ぐ「日系人」に限った日本政府、あるいは日本という国家の不可解さにどこか疑問を残しつつも、多くの日系ブラジル人が、出稼ぎ労働者として日本に滞在していたのである。『サークルKサイクル』は、この日系ブラジル人たちの日本文化や日本の社会規範、価値観に対する戸惑いを想像するヤマシタの書き手としてのまなざしが読み取れる。自分が初めて日本に滞在したときに、日本人や日本社会に対して感じたあの違和感を思い出して共感していたのかもしれない。

『サークルKサイクル』において、ヤマシタは、日本政府によって労働ビザを与えられたこの日系ブラジル人を、ローマ字で「デカセギ」と表記している。アメリカ合衆国でも学歴を問われない業種、例えば建設工事現場の日雇い労働などは、合法・非合法にかかわらず入国してきたヒスパニック系の移民たちが担っているが、『サークルKサイクル』の中のデカセギは、その日本版とも言える、日系ブラジル人をはじめとする外国人のブルーカラー労働者を指している。つまり、戦後、アメリカのヒスパニック人口がアメリカの経済発展を底辺から支えていたように、日系ブラジル人労働者は、一九九〇年代以降、日本社会の経済を底辺から支えていた存在だった。それにもかかわらず、二〇〇八年のリーマンショックを受けて、二〇〇九年、日本政府は日系の外国人労働者たちに、いわゆる「日系人帰国支援事業」を実施する。(9) これは、日本で職を失った外国人労働者を「故郷」に帰す帰国旅費を支給する代わりに、帰国後の再入国を一定期間認めない、というものだった。二〇〇九年までに、すでに二〇年近く日本に滞在し、働いてきた労働者とその家族の歴史や「ホーム」形成のプロセスを断絶する政策には、ヤマシタが考察したような「日系」というアイデンティティが醸成されていくプロセスへの想像力が一切なかったことが伺える。しかし、それ以上に再認識されたのは、デカセギの人々が、日本社会では、社会的な不利益を被りやすい、非常に弱い立場にあるということだった。日本国家とブラジル国家のどちらの社会においても周縁に追いやられ、その周縁で身を寄せ合って生きていたのが、デカセギという、日本在住外国人労働者だったのである。

『サークルKサイクル』には、そんな外国人労働者として日本社会の周縁で、ほとんど見えない存在として生きていた様々な日系ブラジル人の物語が描かれている。例えば、イタリア系と日系という、人種の異なる両親のもとに生まれ、一五歳で静岡にやって来た一八歳の少女は、ミス・ハママツに選ばれるほど類いまれな美貌を持ちながら、小さな部屋の、壁という壁に置かれたビデオレコーダーに囲まれた、窮屈な職場でブラジルのテレビ番組をレンタルビデオ用にひたすらコピーするという仕事を続けている。退屈で、未来の見えないそのような仕事でも、少女は自分の母親のように工場で油まみれになりながら働くよりはましだと考えていた。また、二歳でいっしょに来日した娘が九歳になって、ようやくポルトガル語で自分とコミュニケーションが取れるようになった出稼ぎ労働者のファティマや、その娘イアラの友人で、九歳で来日したものの、小学校でいじめられ、生活環境にもなじめず、いつも家と反対方向に走ってしまう少年ホセの物語など、日本に出稼ぎ労働者として滞在することになった日系ブラジル人たちの様々な物語が、ヤマシタ自身の家族が日本に滞在して馴染んでいくまでのプロセスと並行して語られている。

若いときに日本に滞在した経験、ブラジルで過ごした九年の経験、そして、一九九七年に再び滞在することとなった日本での経験によって、ヤマシタは、「ニッケイ」という、日本人でありながら、日本人とは区別されるべきアイデンティティの形があることに気づく[10]。そして、「ニッケイとは誰のことなのか」そして「ニッケイの故郷、ホームとはどこなのか」という疑問にも向き合うことになる。日系ブラジル人と同じ「ニッケイ」として、ヤマシタは、日本では日本での就労や生活環境になかなか馴染めない日系ブラジル人コミュニティに対して同情的な日系アメリカ人として、またアメリカでは、白人中心の社会において差別され、排斥されるコミュニティの一員として、こうした「ニッケイ」たちにとって居場所となる「ホーム」を

『サークルKサイクル』の中で表現しようとしていることが、同書の次のような描写からうかがえる。

「ホーム」とはどこなのか。最近の「日系」には複数の「ホーム」があるように思われる。ニッケイの中には、一人以上の妻、夫、あるいは恋人は言うに及ばず、一つ以上の家族を持っている者もいる。ＫＤＤやＩＴＪ、ＩＤＣなど国際電話もあるし、折り返しの電話があるにもかかわらず、世界の向こう側では寂しくなるのだ。電話の向こう側はあなたが寒さに凍えている時には暑く、あなたが暑い時には寒いが、そんな場所の声を聞くぐらいではあなたは満足できない。そして突然、あなたには、あなたが寒い時には寒く、暑い時には暑い自分自身が見える。もう一人のニッケイだ。ホームとは、人々が暑さや寒さを一緒に経験できる、そんな場所なのだ。（一四六―一四七）

ここでは、ヤマシタの考える「ホーム」とは、具体的な場所のことなのではなく、そうした「暑さ」と「寒さ」の経験を共有できる時と場所に存在する人々のコミュニティとして存在していることが示唆されている。それはまた、人種的には日本人としての血を受け継ぎつつ、ディアスポラとして、あるいは世代を経て、多様な変貌を果たした日本人でもあるというアイデンティティをもつ人々が集うコミュニティだったと言える。

日本からアメリカへ移民した自分自身の先祖の移動のベクトルに、日本からブラジルへというベクトルを加えることにより、日系アメリカ人というアイデンティティは、「日系」から「ニッケイ」へと、より遍在的で新たな意味を持つことになる。

移動するニッケイ。あなたとはバングラデッシュの列車の中で会うかもしれないし、アルジェの市場で会うかもしれない。あるいはストックホルムのサウナか、ホピ居留地のメサの頂上か、インターネット上のカフェクレオールのサイトで会うかもしれない。そのとき私はこう言うだろう。ワガハイはニッケイデアル。あなたは?(『サークルKサイクル』一四五)[11]

遍在的なアイデンティティとしての「ニッケイ」に「ホーム」がどこかを問うことは無意味なのかもしれない。さらに言えば、「ニッケイ」は、もはや日本人やアジア人などといった人種やエスニシティの概念をも不問にする新しい身体や人間像を表す記号なのである。

三 「ボーダーランド」としてのホームランド

不断に変容するアイデンティティとしての「ニッケイ」と、「定着」より「移動」に価値を置く「ニッケイ」の「ホーム」に対する考え方は、メキシコ系アメリカ人あるいはチカーノ（ナ）の文筆家であるグローリア・アンサルドゥーアがその一九八七年の著書『ボーダーランズ／ラ・フロンテラ』（*Borderlands / La Frontera: The New Mestiza*）で提唱した「ボーダーランド」の概念にも通ずる。「ボーダーランド」とは、言うまでもなくアメリカとメキシコの国境地帯のことだが、アンサルドゥーアは、本来はメキシコとアメリカの国境を意図する「ボーダーランド」という物理的な境界の概念を、人種的には白人と先住民の混血である「メスティーサ」であり、また、「男性」と「女性」の間に存在する「レズビアン」に位置付けられる自らの自己意識と照らし合わせながら、人種やジェンダーの批評理論として理論化した。ヤマシタにとっての「ホームランド」がアンサルドゥーアの「ボーダーランド」に通底していると考えられるのは、具体的には、『ボーダーランズ／ラ・フロンテラ』にある「ボーダーランド」についての次の定義である。

ボーダーは、安全である場所とそうでない場所を定めるために、そして、我々と奴らを区別するために設けられる。ボーダーとは、分け隔てる線であり、いわば険しい縁に沿った細い帯のようなものだ。ボーダーランドは、ぼんやりとした、まだ何も定まっていない場所で、不自然に引かれた境界線にある感情の残りかすから生じたものだ。それは常に変化する状態にある。(二五)

アンサルドゥーアは、同書の「まえがき」で、「ボーダーランド」を「憎しみや怒り、搾取などが支配する風景をもつ、矛盾に満ちた場所であり、住むのには決して心地がよいとは言えない場所である」としつつ、その一方で、「メスティーサであることや、自分のアイデンティティの変化や増幅をありのままに受け止め」れば、「ボーダーランドや、社会の周縁で生きて行くことには、エイリアンのような、未知の要素の中で泳ぐような、喜びが伴う」と述べ、この生き辛い場所での「生」のあり方に「慣れていく」、「ホームとしていく」ところに、新しい意識が覚醒していくと表現している。

アンサルドゥーアの「ホーム」は、変化を受け止めるという点で、移動によって常に視座を更新していこうとするヤマシタの「ホーム」と通底する。移動することによって、定着できる「ホーム」は失われる。しかし、定着しないことによって、アイデンティティの固定化に抵抗することが可能になる。ヤマシタが、血統としての「日本人」や「日系」の呪縛から解放される「ニッケイ」というアイデンティティの形を想像したように、アンサルドゥーアも、複数の人種のボーダーに位置する「メスティーサ」というアイデンティティを、メキシコの教育学者であるホセ・バスコンセロスの一九六一年の著書のタイトルにもなっているメスティーソ（サ）の概念を用いて「宇宙の人種（a cosmic race）」と称し、「染色体が不断に『越境する』二つ以上の遺伝子の流れの合流地点において、この人種の混淆は、劣等な存在に終わるのではなく、豊かな遺伝子プールのおかげで、可変的で、可鍛性があるハイブリッドな子孫の誕生を可能にしている」と述べている（九九）。さらに、こうした「異種交配」によって発達し続けている「エイリアン」の意識が、「新しいメスティーサの意識」であり、「ボーダーランドの意識」であるとも述べている（九九）。

アンサルドゥーアは、またこの「ボーダーランド」という「ホーム」に形成されるコミュニティについて以下のように表現している。

拒否された者や禁じられた者がボーダーランドの住人である。忌避されし者たちがここには住んでいる。やぶにらみの者、変質者、クイア、トラブルメーカー、混血人種、ムラート、半分血が混じったハーフ、半分死んでいる死人、つまり、線を通過する者、越える者、あるいは「ノーマル」という制限を越えていく者たちなのである。（二五）

「忌避されし者たち」は、スペイン語でロスアトラベサドス（*Los atravesados*）、そして英語では、トラバース（the traversed）、つまり「横断する者」を意味するが、ヤマシタの描くデカセギの人々も、まさに日本とブラジルの境界を横断する存在として、それぞれの社会の「周縁」を生きる人々であるという点で、「境域」の住人であるとみなすことができる。

さらに、ヤマシタにとっては、日本社会におけるデカセギと同様、アメリカ社会の周縁を「ホーム」とする出稼ぎ労働者が、日系移民をはじめとする移民労働者だった。二〇一〇年の『Iホテル』は、サンフランシスコベイエリアに出稼ぎ労働者として移民してきたフィリピン人労働者の人権をめぐるベイエリアコミュニティの公民権運動に焦点を当てた小説である。そこには、日本社会における日系ブラジル人労働者と、アメリカ社会におけるフィリピン人労働者の社会的立場を重ねつつ、新しい場所に移民としてやってきた人々が、どのようにして自らの居場所を確保しているか、また、そのような移民を既存の社会がどのように受容あるいは排斥しようとしているのかが描かれている。

四　サンフランシスコ・インターナショナルホテル（アイホテル）

『Iホテル』で描かれる「アイホテル」は、現在もカリフォルニア州サンフランシスコのカーニー通り（Kearny Street）に実在するインターナショナルホテル（International Hotel）の通称である。一般的なホテルではなく、一階には「マニラタウンセンター（Manilatown Heritage Center）」というコミュニティセンター、階上には高齢者のためのアパートが百部屋あまり併設された建物で、二〇〇五年に建てられた。現在の「アイホテル」は、一九七九年まで同じ場所に存在していた旧「アイホテル」を建て替えたものである。かつてカーニー通りの付近には、チャイナタウンと隣接してマニラタウンと呼ばれるフィリピン人のコミュニティが一〇ブロックほどの区域を占めて存在していた。一九七七年のアイホテルの閉鎖と一九七九年の建物解体に伴ってマニラタウンも廃れ、現在の町並みにその面影はないが、マニラタウンセンターでは、今日もフィリピン系の若者やミュージシャン、アーティストによる様々なイベントが活発に行われている。

現在のアイホテルは、外観からは都会的でモダンな高層ビルだが、この同じ場所で一九七七年八月四日に起こった出来事は、一九六〇年代から七〇年代のサンフランシスコベイエリアというコミュニティにおける、人種やイデオロギーの多様性や、市民運動の高まりを象徴する歴史的事件となった。それが、ヤマシタの小説『Iホテル』の主題ともなっている、アイホテルの退去反対運動である。

一九七七年のホテル閉鎖当時、入居者組合（Tenant Association）の世話人の一人として、退居反対運動に関わっていたエステラ・ハバル（Estella Habal）によると、アイホテルは、一八五四年に高級ホテルとして建てられ、その後、一八七三年に、現在の住所に移転した。その建物は一九〇六年のサンフランシスコ大地震とその火災によって倒壊したが、その翌年の一九〇七年に再建された。一九世紀後半から二〇世紀の初めには、日本の海軍などが滞在し、アジア色が強いホテルとして知られていたようだが、一八九九年から一九〇二年にフィリピンとアメリカの間に起こったフィリピン戦争でフィリピンが敗北し、アメリカの支配下に置かれたことで、フィリピンとアメリカとの行き来が自由になると、労働の機会を求めて多くのフィリピン人が渡米してきた。そして、アイホテルの部屋のほとんどは一九二〇年代ごろからは長期滞在するフィリピン人労働者で占められるようになった（ハバル 九）。

社会における人種の隔離が常識だった当時のサンフランシスコで、フィリピン人がアイホテルに長期にわたって滞在できたのは、アイホテルの厚意による待遇というより、当時のサンフランシスコでは、フィリピン人がアイホテル周辺の狭い区域を超えた地域に住むことが法律で禁じられていたからだった。サンフランシスコでは、アイホテルのほかに、三七箇所のホテルで、多いときで三万人ものフィリピン人労働者が暮らしていたと言われている（ハバル 一〇）。しかし、第二次世界大戦後、サンフランシスコ市がアイホテルのあるマニラタウン周辺の区域を金融区域として開発する計画を策定すると、アイホテルの一室を所有していたミルトン・メイヤー（Milton Meyer）社は、六〇年以上にもなる古い建物の安全性を理由に、一九六八年にアイホテルの解体をサンフランシスコ市に申請した（ハバル 三三）。当然、入居者の反対運動が起こり、その後、おそらく放火だったと言われる不審火によって、ホテルの一部が焼失した。その後、ミルトン・メイヤー社からアイホテルを買ったフォーシーズ（Four Seas）グループが入居者に退居命令を出したのをきっかけに、退居への抵抗運動は、政治権力や財閥を相手にべイエリアの市民が一致団結するという形で加熱していったのである（ハバル 七七）。

一九七七年八月四日、強制退居当日、サンフランシスコ市は警察まで動員した。その様子について、ハバルは回顧録の中でこのように記述している。

午後十時までには、何かが起こる予感は無視できないほどになっていた。ワハト・トンパオ、ニーナ・レイダー、エミール・デ・グスマンといった入居者のリーダーたちは、レッドアラートの厳戒態勢をとり、連絡網による電話連絡を開始した。三百にものぼるベイエリアの政治団体、労働組合、教会組織のメンバーを呼び出すためだ。デモの参加者たちは午後一一時ごろから集まり始めたが、午前一時までには二千人もの人々が腕を組み、一〇列から一二列ほどの厚みを持った人間の盾で建物を包囲しだ。建物での立てこもりも始まった。およそ二百人の支持者たちが、建物の内側から盾を作った。デモ隊警備班はすでに正面玄関をふさいでいたが、彼らは土壇場でさらに板やマットレスやベッド枠などを増やして、入居者の部屋のある二階へと続く階段をふさいだ。濡れタオルをドアの下に敷き、催涙ガスが部屋に侵入してくるのを防いだ。四日間の立てこもりを継続させられるだけの準備は整っていた。およそ四〇人の若い支持者たちは、建物の中でそれぞれの配置につき、二階へ通じる階段を封鎖し、しっかりと腕を組んで来たるべき攻撃に備えた。私は仲間たちと廊下の位置についたが、部屋に立てこもって攻撃に備える入居者に付き添っている者もいた。（一四六—一四七）

しかし、結局この日で、残っていた入居者五五人全員が強制退居させられた。ここで「入居者」と言われているのは、フィリピンのアメリカの統治時代にアメリカに移住して以来、何十年もこのアイホテルに住んできたフィリピン人の老人たちのことである。彼らはマノン（Manong）と呼ばれていた。マノンとは、タガログ語で「兄さん」といった意味合いの、年長の男性への敬意と親愛の情を込めた呼称である。アメリカ海軍の雑役夫や西海岸での農業労働者としてアメリカに移住したマノンたちは、中国人や日本人に続いて不熟練労働を担う安価な労働力として搾取されながら、アメリカの資本主義経済を下支えしてきた存在だった[12]。

アイホテルの住人であるマノンたちは、ほとんどが六〇代以上の高齢の独身男性だった。彼らが独身だった理由には、一九六五年の移民法改正まではフィリピン人移民が本国の家族とともに渡米することが許されていなかったことや、白人女性との結婚も非合法だったことが影響しているといわれている。家族も持たず、低賃金の日雇い労働に従事してきたマノンたちにとって、サンフランシスコで唯一、安い家賃で長期滞在が可能だったアイホテルは、移動の途中で数日滞在する通常のホテルとは異なる意味を持ったホテルだったと言える（ハバル 一八—二〇）。そして、彼らにとってこのアイホテルを退居させられるということは、アメリカにおける安住の場所、すなわち「ホーム」を失うことを意味していた。一九八三年にカーティス・チョイ（Curtis Choy）が作成したドキュメンタリー映画『アイホテルの陥落』（*The Fall of the I-Hotel*）にも、マノンたちが、ホテルの部屋にそれぞれの嗜好に合った品々を持ち込み、創意工夫してパーソナルな空間を創造している様子が記録されている。許されたスペースに「ホーム」を創出しようとしているのである。

ベイエリアの三百もの団体から二千人もの支援者が参加した強制退居阻止の行動は、一九六〇年代から八〇年代という時代におけるベイエリアというコミュニティのあり方を象徴する出来事だった。サンフランシスコ市という政治権力と、アイホテルの所有権を売買する資産家の結託によるアイホテルの強制退居命令に対して、高齢の入居者とその支援団体が行った抗議行動は、人道主義、反人種差別主義、共産主義、民主主義など、イデオロギーや目的の異なるどの団体にとっても革命的な意味を持つ政治的行動だったからである。

支持者の中には大学生の若者たちもいたが、学問における「解放」を求めてエスニックスタディーズの設立や犯罪学の存続を大学に要求した若者たちにとって、ベトナム反戦を支持する運動と、アイホテルを守る運動とは、公民権運動や階級闘争といったイデオロギー戦線と同一線上に存在するものだった。そもそも人種隔離政策でその区域以外の居住を法律で禁じたことで形作られてきたマニラタウンという、低賃金労働者の安住の「ホーム」が、今度は資本主義経済という論理のもと、再び権力者の都合で奪われようとしている現実は、ベイエリアのアジア系アメリカ人はもとより、自由と民主主義を標榜するどんな市民にとっても容認できるものではなかったのである。(『Iホテル』四三五)こうして、アイホテルは、ベイエリアに住む市民を結びつける「磁場」となり、ピープルオブカラーから、ピープルオブパワー、すなわち「市民の力」の拠点になっていったのである。

五　小説『Iホテル』の物語空間

ヤマシタの『Iホテル』を構成する一〇章は、あるいは一〇編の中編小説と考えるほうが適切であろう。史実にもとづいて、それぞれに一九六八年から一九七七年までの年号が付されており、時系列的に、かつ実在する出来事や人物を素地として物語が進んでいく。このような特徴から、この小説を「歴史小説」とみなす批評家もいる（ラゲイン 一三七）。しかし、ヤマシタの『Ｉホテル』が、歴史的な抵抗運動のトポスとなった実在のアイホテルとは異なるものとして表現されているのも事実である。例えば、小説のタイトルの『Ｉホテル』には、実際のアイホテル（I-Hotel）を表記するときには存在する「ハイフン」がない。ハイフンによる束縛から解放された瞬間、まるでキャラメル箱ののりしろを接着している糊が剥がれて、その箱を形作っていた要素が平面状に露わになるかのように、『Ｉホテル』が一〇編の多様なアイホテルに展開されているのである。最初の物語となる一九六八年が「目」という意味で「アイ」を表現した "Eye Hotel," そして、一九六九年が「アイ（私）」が「スパイ（見る）」を含意する "I Spy Hotel," 一九七〇年が「私」を意味する「アイ」を含んだ "'I' Hotel," 一九七一年の章題が "AIIIEEEEE! Hotel" となっている。この "AIIIEEEEE! Hotel" は、アジア系アメリカ人文学研究のパイオニア的存在であるフランク・チン（Frank Chin）が中心となって一九七四年に編纂したアジア系アメリカ人文学に関する最初の研究書と言われる *AIIIEEEEE* を意識したものであると考えられる。そして、最後の一編である一九七七年の物語が、あの実在するハイフン付き

の "I-Hotel" と題され、実話が意識されている。

この強制退居の出来事を小説にした作家は、ヤマシタ以外にも、短編小説「アイホテルを救済せよ（"Save the I-Hotel"）」を二〇〇八年にハワイ大学出版局の文芸誌『マノア』（*Mânoa*）に発表したリスリー・テノリオ（Lysley Tenorio）などがいるが、テノリオの小説が、その事件そのものに焦点を当て、入居者であるフィリピン系移民の老人たちを主人公にした物語にしているのに対し、ヤマシタが事件そのものについて語っているのは六百ページを超える大著の最後のほんの二六ページである。一九七七年の歴史的事件を最後に配置することによって、この事件が、ヤマシタの『Iホテル』という小説においてもクライマックスになっていることは間違いない。しかし、ヤマシタの『Iホテル』では、一九七七年八月四日に至るまでの社会の動き、とりわけ黒人の抵抗運動や、ベイエリアに参集してきた中国系、ラテン系、フィリピン系、ロシア系、そして日系移民それぞれの人物が後にしてきた祖国の政情不安とアメリカでの生活を交差させながら、一九七七年のアイホテルの抵抗運動に至るまでの一〇年を詳細に描くことに注力している。すなわち、ヤマシタは、残りの五八〇ページ余りの紙幅を費やして、アイホテルの強制退居への抵抗運動という歴史的事件が氷山の一角にしかならないほどの壮大な物語空間をこの小説の中に創造していると考えられる。

一九〇七年に再建され、一九七七年に取り壊しとなる七〇年の歳月の間に、アイホテルの周辺に創造された「町」という物理的空間は、あらゆる国々から、あらゆる事情を伴って、太平洋を挟む広い空間を移動してベイエリアにたどり着いた、数えきれないほど多くの移民たちの人生の物語が、長い年月をかけて蓄積された物語空間でもあった。小説の「あとがき」でヤマシタは次のように語っている。

この本では、複数の視点、一〇編のノベラ（中編小説）あるいは一〇の「ホテル」という形をとることにした。複数のノベラでは物語を平行して語ることができるし、様々な語りの声を共鳴させるという実験をすることもできる。また、時代、動き、ホテル、そしてそこにいた人々が複雑に絡んで作り上げていたものを守ることも可能にしてくれるのだ。（六〇〇）

小説『Iホテル』の最後の章「アイホテル（"I-Hotel"）」には、すべての暴力的な瞬間が過ぎ去った後に、語り手がアイホテルのホテル的物語空間について陳述している部分がある。この章には、抵抗運動のシュプレヒコールでも実際に使われた三つのスローガンが、サブタイトルとして掲げられている。一つが「年をとったらどこに住むのか（"Where will you live when you get old?"）」、もう一つが「我々は断固としてここを動かない（"We won't move"）」そしてもう一つが「結束した人々は決して敗北しない（"The people united will never be defeated"）」である。興味深いことに、それぞれのサブタイトルに続く物語の主語「我々」が具体的に誰を指すのかは、本文中からは判然としない。当事者の高齢入居者かもしれないし、運動に参加した市民かもしれない、あるいは作者自身かもしれないし、作者を含むアジア系アメリカ人、あるいは日系アメリカ人の集団なのかもしれない、という解釈の可能性を残しているのである。

しかし、「年をとったらどこに住むのか」というサブセクションには、この小説に表象されるホテル的物語空間とカレン・テイ・ヤマシタの「ホーム」との関係が次のように示されている。

なぜ古びたホテルを壊さないでおこうとするのか。自分たちの町の歴史を思い起こそうとするとき、フロンティアだった町の始まりが思い出される。交易場所だったトレーディングポストや宿泊していた部屋の二階にあったサロンから始まったフロンティアの町。ならず者を収監するための監獄や、記録を残すための裁判所、そしてお金の取引をする銀行が建った。トレーディングポストは商店となり、サロンはレストランやホテルになった。それが私たちの町の原型だった。その後、そこに教会や学校が加わり、そして医者や弁護士といった専門家が加わることもあった。しかし、そこから全てを取り除き、宿泊場所の二階だけを考えたとき、私たちは遠くから来た人たちはどこかに宿泊しないといけないということ、風雨をしのぐ場所や寝床、私たちがかつて寮と呼んでいたものがないといけないということを思い出すのだ。そして、その寮の部屋を無料で得ようというものではなく、それと引き換えにお金やそれに代わるものを支払わないといけないのだ。そうした交換の行為が尊重されるとき、そこに市民権というものが生じる。（五八九）

「町」が形成される時には、「自分たちのためであろうと、一緒に連れてきた、あるいは故郷に置いてきた家族のためであろうと、住まいを得て生計を立てるために人々が町に来るときに真っ先に確保しないといけなかったのが寝る場所だった」のであり（五八九）、新しい場所に知り合いもなく、生活の基盤もまだ確立していない人々にそのような「寝床」を提供してくれる唯一の場所が、ホテルだったのである。しかし、ホテルが提供する「ホーム」の空間で積み重ねられる時間によって、ホテル空間の「ホーム」は、定着する場所としての「ホーム」へと、その意味を変えていく。

そして、ホテル住まいと密接に絡み合った町の生活で、町が提供できるものは、ホテルの中のホームなのである。時が経つにつれて私たちが忘れてしまっていたのは、私たちの町におけるホテルが、長い間に一時的なホームというだけでなく、永続的なホームを提供してきたということ、そして、ホテル住まいというのが私たちの町で生活する上では自然な結果だったということである。町の生活が始まったときから、私たちの町の生活は同時にホテル生活であったのだとも言えるだろう。若くて、独身で、独立した人々が到着し、町の産業に仕事を見つけ、そのうち、歩いていける距離やケーブルカーの停留所一つ分ぐらいの距離に、小さなカフェやバー、社交場、コインランドリー、お店、本屋が軒を連ねるようになっていったのかもしれない。(『Iホテル』五八九)

しかし、一方で、「ホテル住まい」には、社会からは常に「怪しい」、「信用できない」という偏見も向けられる。すなわち、「ホテルは、子育てをするのに適した場所ではないし、ホテルに住んでいる家族は怪しいし、寝食を毎日共にして、ジェンダーやエスニシティや諸々を共有しているうちに同じ考えや同じ政治理念を共有するようになることすべてが怪しいということになってしまう」というのである（『Ｉホテル』五九〇）。よって、強制退居の暴力性というのは、まさに、「ホテル住まい」を怪しいものとする人々が理想像として押し付けてくる「ホーム」の姿なのであり、その「ホーム」の理想が、「怪しい」人々に市民権を認めず、排斥するアメリカの国家観と連動している。このことは、小説の中の次のような描写からもうかがえる。

ホテル住まいというのは革新的でさえある。我々のホテル生活について研究したある有名な研究者は、ホームがないということは国家もないということであると警告を発している。しかし、彼がいう「ホーム」とは何なのか。そして、「国家」とはどういう意味か。（五九〇）

「ホテル」は、こうした「ホーム」や「国家」のあり方とは異なる新たな「ホーム」や「国家」のあり方を可能にする革新的な生活空間なのではないか、というのである。

小説における強制退居の一日の終わりは、次のように表現されている。

私たちは建物裏の階段を駆け下り、油だらけの厨房での騒乱を抜け、裏の路地を通って逃げた。私たちはただひたすら走った。パトカーのサイレンが聞こえる頃には、私たちは一時しのぎの寝床へと近づいていた。私たちが職務質問を受けることはないだろう。その朝に私たちの存在が知られることも。誰からも見えない私たちは、冷たく湿った悪臭漂うスペースに身を滑らせ、同じ寝床に寝ている仲間が朝の仕事に遅れないよう、いつものように身体を押して起こし、立ち上る熱気が湿ったマットレスへ休みなく押し付けられる中で、寝つけないまどろみへと落ちていくのである。(六〇四)

強制退居で追い出された入居者がホテルから走って逃げ、そして一時避難場所として確保した「小さな空間」の「湿ったマットレスから立ち込める悪臭」に身を包まれ、またそこから毎日が始まる、といった描写である。この入居者たちのような人々は、アイホテルの退居への抵抗運動という歴史的事件で英雄的な役割を果たしても、現場から離れたら、警察にさえ無視されるほど「社会的に見えない存在」としての日々へと戻ることが示唆されている。

ベイエリアという場所は、アイホテルに居を構えていたフィリピン人をはじめ、アメリカ社会から「見えない存在」として扱われてきた無数のアジア系移民の日々の暮らしが長年の歴史の中で蓄積してできた場所だったと言える。日系三世だったカレン・テイ・ヤマシタの家族もそうした暮らしを営んできた人々であり、『Iホテル』は、無数の人々の物語からなる茫漠とした歴史を、小説の物語空間として再現しようとする、いわば不可能への挑戦の末に生まれた小説だったのかもしれない。「この本は必然的に分厚くなってしまった。しかし、私が差し出せるささやかなものであり、誰か他の人々が受け継いで、完成させなくてはならないものである」とヤマシタが述べるように（六一〇）、この長編小説は、そうした物語空間の壮大さを想像すれば、「ささやかなもの」であり、不完全なのかもしれない。しかし、決して完結を求めず、また次の物語空間の創造へと移動し続けるヤマシタ自身が、ホテル的物語空間の住人と言えるのではないかということを、『Iホテル』という小説は示唆している。

六 「ホーム」とコロニアリズム

帰る場所を持たないという覚悟で新天地を目指して旅立った人々にとって、新しい土地での生活は、人生をリセットし、既存の社会や国家と折り合いをつけながら生き直すことを意味する。移民としての経験は、そのような苦難の連続である。小さなホテルの一室に「ホーム」と呼べる空間を作ろうとしたフィリピン系移民のマノン、日本社会でデカセギとして働く日系ブラジル人、そして日本からブラジルやアメリカへ渡った日本人は皆、厳しい生活のなかに「ホーム」と呼べる空間を作り出そうとした移民だった。そして、こうした人々にもたらされる苦しみの原因が、いつ帰れるかわからない、あるいは帰れないかもしれない、生まれ故郷としての「ホーム」への憧憬だった。

ヤマシタは『サークルKサイクル』の中で、見知らぬ土地で「ホーム」を懐かしむ心情を表すポルトガル語の「サウダージ（saudade）」という概念にふれ、これを「翻訳できない、同一ではなく類似の言葉しか見つけられない言葉」であり、「切望やホームシック、あるいはノスタルジア」、「故郷への思い、遠く手の届かないところにある見慣れたもの」と定義している（一三五）。移民にとってのサウダージは、新しい土地で「ホーム」を構築する際の原動力ともなる。しかし、移民した土地に「ホーム」を再現あるいは創出しようとする試みは、先住している人々には、新たな価値観の侵入を意味し、それまでに構築された秩序に変化を生じさせる出来事である。「サウダージ」の質量が大きければ大きいほど、その土地の既存の文化や社会への影響は大きくなる。

おそらくこのような堂々巡りの定義は（サウダージの複雑さを定義するには）まだ単純すぎる。なぜなら、サウダージは記憶によって生じ、複雑化されるものだからだ。サウダージと一緒に移動する記憶とは何か。サウダージは、多分、ポルトガルから、世界へ向かって出ていく水夫たちを号泣しながら見送る船出の時に始まる。次はマガルハエスだ、次はカブラルだ、世界を見ておいで、でも私のところに、リスボンに、オポルトに帰ってきてよ。私たちはあなたを決して忘れない。私たちはあなたのためにサウダージを持っておくから。サウダージには、故郷に残るサウダージもあるし、ポルトガル人の水夫と一緒に船に乗って旅立ち、世界中を旅してブラジルに着くサウダージもある。でも、それが到着すると、それは新世界の想像力によって変容する。そこにおいて、サウダージは不思議なものと出会い、信じられないものへの畏怖の激しい衝撃の一部だったりする。これはその畏怖の名の下に行われる、それは、サウダージのために起こる殺戮や破壊、それに対する想像を無視することではない。この水夫は移民となり、こう宣言するのだ。私はサウダージの痛みに苦しむことがないよう、この土地を私の故郷（ホーム）に変えよう。しかし、彼は結局苦しみ、彼のサウダージは、この変容のプロセスの

中においても故郷のポルトガルに帰還することは決してなかった。（一三五―一三六）

移民によって、時に暴力的にその場所の自然や既存のコミュニティに変化がもたらされる。かつてブラジルへ渡った日本人を取り巻く環境もそうだった。ヤマシタは、ブラジルへ移民した日本人の歴史を以下のように理解している。

一九〇八年二月、日本政府と米国との間でアメリカ向け日本移民制限に同意する「日米紳士協定」が結ばれた。同年六月、サンパウロ州のコーヒー園に入耕する最初の日本人集団八百人ほどを乗せた汽船がサントス港に到着する。一九二〇年代、米国の移民排除法の成立が追い討ちをかけるようにアメリカへ向かう日本人移民の数は激減し、逆にブラジルへの移民は増え続けた。明治生まれで西洋に対する門戸開放になんらかの戸惑いを持つ日本人を移民として受け入れてきたのがアメリカだったのであり、ブラジルに向かったのは工業生産や国際的な影響力、そしてナショナリズムが拡大していく時期に生まれた次の世代の人々、すなわち大正・昭和生まれの日本人だった。アメリカ大陸での成功の夢が現実に直面したときの落差が移民たちの現地での経験を決定づけたのだとすれば、一方で、祖国を離れるという困難に人々が対処する仕方を決める要因となったのは、それぞれの時代における日本の自己認識と対西欧関係だった。米国に渡った日本人たちが、相手を敬いつつ我慢強く仕事にとりくみ、その子女に良き市民として振舞うように諭しつづけたのにたいし、大正・昭和期のブラジル移民はより積極的に孤立した日系社会を処女林に打ちたて、ブラジルの農民には軽蔑の感情を隠さず、異邦におけるナショナリズムを標榜することになったのである。（「紳士協定」二二二）

移動の末に定着することになった移民の姿を自らの日系アメリカ人の祖先と重ねるとき、ヤマシタの視線の先にあるのは、移民を中心とした物語ではない。すなわち、いかに移民が、困難の末に「ホーム」となる空間を新しい土地に獲得したとしても、「ホーム」を構築する行為は、同時に先住する誰かの「ホーム」を奪う行為でもある。ヤマシタは「定着」に伴うコロニアリズムについても批判的である。筆者がインタビューの中で「サウダージ」についてヤマシタに尋ねたところ、次のような返事だった。

「サウダージ」はどこにいるかによって、それぞれで意味合いが異なる。でも常に「ロマンティシズム（美化）」の意味を伴う。〈中略〉 私の祖父母、父母も「ディアスポラの日本人」ではないのか。それに、サウダージには残酷な一面もある。出稼ぎはそこに行って、ノスタルジアからその場所に対してひどいことをする。人は、自分には安住の地があるべき、故郷があるべきと思っていて、その居場所を作るためにその場所で理不尽な権利を主張する。でも私はそれではいけないと思う。惑星的な場所というか、この惑星が場所なんだと考えるべきというか。私は場所に対して「権利」はないけれど「責務」はあると思う。トランスナショナルな存在などというけれど、彼らは本当にトランスナショナルなのかと思う。出稼ぎとはただの移動者のこと。場所から場所へと移動する飛行機と同じで、その場所に対する責任感や忠誠心はない。日本に住むからにはそこの社会に対する責任もあるはずなのに。まあ日本社会が彼らを受け入れたくないという事実を考えれば、事はさらに複雑なのだけれど。[13]

おわりに

人間が「移動」して新しい場所に変化をもたらすのと双方向で、「移動」した人間は、新たなホームランドやそこで蓄積されてきた文化から影響を受け、新しい認識をもつ新しい人間へと変化していく。それは、ある場所から移動してきた記憶が、移動してきた先にすでに蓄積されていた記憶と接触し、融合して、新しい記憶を創造していく、ということでもある。ヤマシタの関心も、新しい場所に移動してきた人々が、その場所にどのようなホームを形成したのかということより、ホームが形成されるプロセスにおける人間の生活や、そうした営みの機微から生まれる物語にある。ヤマシタは、自らの日系アメリカ人というアイデンティティを自覚し、移民としてアメリカにやってきた自らの先祖の苦難に満ちた「定着」へのプロセスを想像しつつも、移民が定着することの意味を客観的に見つめる視点も持っている。そこには、自らの属するコミュニティを超え、様々な人種的・文化的背景を持つ人々の物語へも及ぶ俯瞰的な想像力がある。自らのコミュニティだけに固執しない意識は、ヤマシタの家族の哲学、様々な国家からの移民が集うカリフォルニアというコミュニティの歴史、そしてヤマシタの自己を脱中心化するまなざしを反映する意識であるとも言える。

　ヤマシタにとって、「ホーム」は可変的で、遍在的なものであり、ある場所に「定着」することを目指したり、ある場所や、そこに存在する人々や資源を「支配」あるいは「所有」したいと欲したりすることではない。「ホーム」とは、認識や概念というより、個々のもつ一瞬の感覚なのである。そして、ヤマシタという作家はそうした感覚を求めて、これからも文化から文化へと移動し続けるだろう。そう考えると、冒頭で述べた「故郷とは、結局のところ自分自身の身体」であり、「どこへ行こうとも、どこであろうとも、シャワーを浴びて、グラス一杯のワインが飲めたら、それで満足」というヤマシタの言葉は、もはや謎ではなく、必然なのだと考えるべきなのかもしれない。

註

（1）喜納育江「カレン・テイ・ヤマシタへのインタビュー」（二〇一六年九月一四日、カリフォルニア州サンタクルーズにて）
（2）前掲に同じ。
（3）喜納育江「カレン・テイ・ヤマシタへのインタビュー」（二〇一六年九月二〇日、カリフォルニア州サンタクルーズにて）

（4）前掲に同じ。

（5）前掲に同じ。

（6）前掲に同じ。

（7）前掲に同じ。一一頁。

（8）前掲に同じ。一二頁。

（9）厚生労働省ホームページ「日系人離職者に対する帰国支援事業の実施について」（二〇〇九年三月）https://www.mhlw.go.jp/houdou/2009/03/h0331-10.html（アクセス日、二〇一八年一〇月一五日）

（10）ここで、筆者はヤマシタが Nikkei と表記した語句を、「日系」ではなく「ニッケイ」と表記することとする。「日系」には、日本を離れているが日本人の血統にある人々を客体化する日本側の視点を包含しているのに対し、ヤマシタの Nikkei は、日本を離れた日本人やその子孫が自らのアイデンティティを主体的に表現した語句であると考えたからである。

（11）「カフェクレオール」とは、今福龍太が運営していたブログで、ヤマシタは一九九七年の日本滞在中に書いたエッセイなどをそのサイトに発表していた。

（12）タガログ語の「マノン」の意味は、カーティス・チョイ（Curtis Choy）が一九八三年に制作したドキュメンタリー映画『アイホテルの陥落』（*The Fall of the I-Hotel*）の中に描写されている。

（13）喜納育江「カレン・テイ・ヤマシタへのインタビュー」（二〇一六年九月二〇日、カリフォルニア州サンタクルーズにて）

参考文献

カレン・テイ・ヤマシタ（ルシオ・クボ訳）「紳士協定」『すばる』三〇巻七号、二〇〇八年、二二二—二三〇頁。

喜納育江「カレン・テイ・ヤマシタへのインタビュー」二〇一六年九月一四日

喜納育江「カレン・テイ・ヤマシタへのインタビュー」二〇一六年九月二〇日

Anzaldúa, Gloria. *Borderlands/ La Frontera: The New Mestiza*. San Francisco: Aunt Lute, 1987.

Habal, Estelle. *San Francisco's International Hotel: Mobilizing the Filipino American Community in the Anti-Eviction Movement*. Temple UP, 2007.

Ragain, Nathan. "A Revolutionary Romance: Particularity and Universality in Karen Tei Yamashita's *I Hotel*." *MELUS* vol.38, no.1, Spring 2013, pp.137–154.

Yamashita, Karen Tei. *Letters to Memory*. Coffee House Press, 2018.

Yamashita, Karen Tei. *Circle K Cycles*. Minneapolis: Coffee House, 2001.

厚生労働省ホームページ「日系人離職者に対する帰国支援事業の実施について」（二〇〇九年三月）https://www.mhlw.go.jp/houdou/2009/03/h0331-10.html（アクセス日、二〇一八年一〇月一五日）。

異国の祖国《ホームランド》
——ヤマシタとイシグロの七〇年代と日本

牧野　理英

はじめに

「ホームランド」という言葉は、祖国・母国という意味以外に、ある特定の民族集団と密接に結びついた自治的な区画をも示唆する。この言葉をある民族が物理的、および精神的に回帰する場所と考え、英米の日系作家を例に挙げる場合、日本という国家がその意に相当することになろう。しかし第二次世界大戦で大敗を喫した日本をホームランドに、勝利した欧米の言語でものを書く作家のナラティブとはいかなるものなのか？　複雑な状況を背景にした日本と欧米をまたぐ日系作家の日本に対する眼差しは、既存のホームランドの概念を大きく変容させていくことになるのはいうまでもない。

ノーベル文学賞を受賞したイギリス作家カズオ・イシグロ（Kazuo Ishiguro）を筆頭にして、慶應義塾大学出版会の『三田文学』では、二〇一五年にはイシグロ、二〇一六年には日系アメリカ作家カレン・テイ・ヤマシタ（Karen Tei Yamashita）、そして二〇一八年にはハワイの日系作家ジュリエット・コーノ（Juliet Kono）というように、連続して英語圏日系作家を紹介している。こうした作家群の作品が翻訳されるのは、いままで国内のみに目を向けていた英語圏文学研究なるものが、グローバリズムによって多角的に自国の文化を見ようとする必然性に迫られ、その視点を日本に求めたからと考えられる。しかし本稿ではこうした今日的要因ではなく、すでに七〇年代の時点で日本に対するグローバルな視点を提示していた英米の日系作家として、カズオ・イシグロとカレン・テイ・ヤマシタに焦点を絞り、各々の短編――「夕餉」（"A Family Supper," 1982）と「風呂」（"The Bath," 1975）――を考察していきたい。英語圏の日系作家ということ以外、一見共通点もないこの二人の作家をここでとり使う理由は、両作家が作家活動の最も初期に、日本をベースにした短編を描いており、祖国であるはずの日本に対し、特殊な視点を共有しているという点である。彼らの特異性は、戦後直後の五〇年代生まれの彼らが、ちょうど作家活動を開始し始めた時期——七〇年代——に起因する。第二次世界大戦における敗北と、その後の急激な欧米化、冷戦期、そして七〇年代から突入する高度経済成長——これらの大変動をくぐりぬけてきた日本という国家は、ホームランドという言葉では表し得ない含蓄を伴って彼らを魅了したにちがいない。本稿では、短編からみる両者の共振が、ホームランドというコンセプトから離脱していることを証明する。そしてこれらの短編のナラティブが、英米国内における民族のプロテストというエスニック文学の形態から著しく脱臼していることを証明していきたい。

一　短編小説の有用性と時代背景

ヤマシタとイシグロ、両者の共通項としてまずあげられるのは、短編小説から作家活動を開始し、その後さまざまなジャンルに果敢に取り組んでいるという点である。とは言っても英米文学において短編からデビューし、小説家になっていく作家は実際のところ多い。それでもあえて本稿で短編小説に着目する理由とは、彼らの場合、短編を小説家になるためのみの登竜門ではなく、一つの完成した表現方法とみていた点である。なるほど一九世紀アメリカ作家であるエドガー・アラン・ポー（Edgar Allan Poe）は短編小説しか書かず、その短さや濃縮された内容などから長編小説以上の技法が要求されることを『詩と詩論』で論じている。[1] こうした短編というジャンルに着目し、アジア系アメリカ文学研究者であるジンチ・リン（Jinqui Ling）は、一九三〇年から六〇年にかけてのアジア系アメリカ作家が、短編小説を好んで執筆していた理由に関して、以下のように鋭く考察する。

これらの作家が短編小説を選ぶ理由は、このジャンルがその法則において異端的であり、テーマの範疇において融通が利き、芸術的見解を構築する上で革新的にも折衷主義を貫いているという点からである。実践的な意味で、小説と比較して短編小説は、アジア系アメリカ作家を惹きつける。彼らにとって短編を書くということは、保障された時代設定、出版社が提供する一定の安定した経済的援助や、知的職業に従事している読者層がその作品を入手可能であるかどうかといったことなど考えなくてもよいということなのである。（一八九）

なるほど日系アメリカ文学を代表するヒサエ・ヤマモト（Hisaye Yamamoto）の短編集から感じることとは、そのトピックやナラティブの多様性である。そして、短編のコンパクトさなどからわかることとは、第二次世界大戦の日系収容という集団的記憶から離脱した種々様々なトピックを、自由に単発的に書けるという利点であろう。短編小説集『十七文字』にしても、その玉虫色に変化する語り手の主体的位置から、ヤマモトの作家としての実験的姿勢を伺うことができる。

その短編の名手であるヤマモトが、ずいぶん初期の頃からその実力を評価していたカレン・テイ・ヤマシタは一九七五年、大学院生の時に、処女作の短編小説「風呂」を著している。[2] そしてイシグロは一九八二年に短編「夕餉」を著している。エスニック作家があえて短編小説を選ぶ意義が、リンのいうように、自身のエスニシティを表象すると同時に、芸術的見解を広めうる折衷的なものであるならば、両作家がこのジャンルをあえて選んだ理由は容易に推察しうるだろう。すなわち日本という「祖国」に関し、斬新なヴィジョンを大胆にも提供しうる短編小説というジャンルが、当時のイシグロ、ヤマシタの最も適した手法であったと考えられるのだ。そして自身のエスニシティを表象するという使命の中に、日本をホームランドとして描かない、あるいは描けないという姿勢を介在させる彼らの視点は、日本を自身が舞い戻ってくる「家」ととらえられない姿に投射される。

ところでイシグロとヤマシタが生まれた五〇年代と、時代設定である一九七〇年代から八〇年代は、どのような時代であったのだろうか？　一九五四年、イシグロは、第二次世界大戦において原爆が投下された長崎に生まれながらも、わずか五歳で、父親の仕事の関係で英国へと向かい、イギリスに帰化することになる。五歳までの「祖国」の記憶は、自身が覚えている幼少期の日本というよりは、この作家の永遠のテーマともいえる記憶という語りの技法によって重厚に語られる。加えてイシグロが作家活動を開始した当初の八〇年代イギリスでは、インターナショナルノベルの成熟期であり、さまざまなエスニック作家が文壇に現れた時期でもあった。この時期に関しパトリシア・ウォー（Patricia Waugh）は、インターナショナリズムの発端を一九一〇年とし、ハイモダニズムの高揚期と関連づけることで、その時期を引き延ばし、イシグロの小説を後期のモダニズムに位置づけてさえいるくらいである（一三一―一四）。自己の内面を深く省察し、伝統に懐疑心を持ち、異文化的価値観を取り入れるというモダニズムの手法をイシグロの作品にあてはめるというウォーの考えは確かに一理ある。実際にイシグロは日本を舞台にしたことによって自身の作品をポストコロニアル文学と命名されることに関しては引け目を感じていたと思われるからだ。[3]　なるほど日系性が宗主国に対する対抗的ナラティブとなりうるようなスタイルはイシグロの作風にはみうけられない。イシグロにとって日本とは、バリー・ルイス（Barry Lewis）のいうように、あくまでも「システム」であり、ポストコロニアリズム的な反抗言説を生み出すような文化的根源ではありえない（二六）。

一方ヤマシタも、地理的な意味での「祖国」には抵抗を感じていたらしい。自身がアジア系アメリカ作家と言われることに対して特にこだわりを持たないものの、初期の作品は日系アメリカ人の集合的記憶である収容所から逸脱したものが大半をしめ、日系アメリカ文学の範疇に入れるには躊躇を感じさせられるほどの作家である。[4] 一九五一年、カリフォルニア州で生まれたヤマシタは、両親が第二次世界大戦中、日系収容所にいながらも、それに関する事柄を親から語り継がれることがなかったという。なるほどヤマシタが生まれた五〇年代初頭は、収容所というトピックは世代間では語りつがれてはならぬものとして、親の世代は沈黙を守っていた時期である。[5] また収容者でもあった一世の祖父母の国である日本に対しても、ヤマシタ自身のルーツを見いだす場所とは考えていなかったと思われる。そして作家活動を開始する七〇年代は、アフリカ系アメリカ人の公民権運動に触発されたアジア系アメリカ人がイエローパワームーヴメントをおこしていた時期でもあるが、ヤマシタはそうした政治的運動には一切関与せず、「風呂」を著した後、単身ブラジルへ向かっている。

終戦直後の五〇年代に生まれ、七〇年代から八〇年代において執筆活動を開始した両作家はエスニック文学特有のプロテストという政治的所作に対し一定の距離を保っていたが、それは自分たちが日本を祖国と呼ぶことができないという感覚に起因していると考えられる。第二次世界大戦の日本の敗戦に複雑に絡みとられた彼らの人生は、肝心の日本という国に関して知らされることのないまま英語圏作家として成長しながら、日本というテーマで筆をとるという彼らの特異な状況を前景化する。己が知ることのできない日本は、自分達が戦争における敗北の記憶に直結する民族に属しているが故に、そして同時に勝利した欧米の言語を使用する日系という集団に属しているが故に、親から子へといった世代間から伝授されるようなものではありえない。

二　夕餉と風呂　「非日常的空間」としての家と経路的な記憶

ヤマシタ、イシグロ両者とも、自身の民族性に直結する日本を祖国とはみていない。しかしそうではあっても「夕餉」「風呂」ともども名前のない若い日系主人公を語り手とし、あたかも作家自身を投影した存在として描いていることは興味深い共振である。加えて時代設定も七〇年代と思しきところから、両作家の二〇代の頃を描いたものと推察される。こうした手法から、一般的な読者は、あたかもこれらの短編小説が彼らの民族性への回帰願望をえがいたものと思い込みがちが、その思惑に反するように、彼らの描く日本の家は、一様に非日常的空間として描かれる。

文化人類学者のジェームズ・クリフォード（James Clifford）は『ルーツ』（*Routes*）において、民族の文化的主体は、その文化の根源（roots）を根のようにたどることではなく、様々な経路（routes）が交錯することによって形成されるとしている（一一―一三）。この「経路」とは歴史が常に時系列的な縦の関係のみで作り上げられない実情を示している。クリフォードをカリフォルニア大学サンタクルス校の同僚としているヤマシタが、やはり文化人類学者としての立場からこのコンセプトを根底にしていることはおおいにありうることであるが、イシグロの記憶の構造にもクリフォードの経路を喚起させる構造が見え隠れしている。ここでは彼らの描く非日常的空間が常に日本の家に属していることを分析すると共に、彼らの記憶がクリフォード的経路と共振していることを論じていくことにする。

イシグロの「夕餉」

イシグロの「夕餉」は、名前のない語り手である日本人青年の主人公「僕」がしばらくアメリカにいたものの、妹と共に鎌倉にいる父に呼ばれて舞い戻ってくるという里帰りの話である。本作にははっきりとした時代が記されていないものの、戦後からしばらくたって日本が国際ビジネスに乗り出していることが言及され、退役軍人の父親が今やビジネスマンになっている点、また遠藤不比人が指摘するように、敗戦によって父が「去勢」され、家族の夕餉を用意するという「女性化」が起きており、さらに妹の喫煙にその欧米化と男性化をみることで、両者の「再ジェンダー化」（九六）が描かれているという点は、フェミニズム運動が盛んで、ジェンダーポリティックスの革新が主張された七〇年代を強く意識させる設定と言える。

作品全体に漂う不気味な緊張感で、家というものが非日常化した空間となっているのは、そのいわくありげなゴシック的色調から明らかである。本作は河豚を食べて死んだ母の話から始まるが、空港から車で語り手を連れていく道すがら、父親は語り手に母の死の状況を以下のように語る。

明らかに母は常々河豚を食べようとはしなかったが、わざわざ招待してくれた旧友をこまらせてはと思ったらしく、この特別な機会だけは例外としたのである。そして空港から鎌倉の実家へ車で移動する際に僕にそのことを話したのは父であった。（二一）

この父親の説明に対し、一種冷徹とも思われるほど平然と耳を傾けている「僕」は、その冷静さの根拠を以下のように語る。「母の死の際には、僕はカリフォルニアにいた。当時の僕と両親との関係は、幾分ぎくしゃくしていた。結果、その二年後に東京にもどってくるまで母の死に纏わる一連の状況に関しては一切知ることはなかったのである」（二一）。母親の死に対し、二年もの間家族に理由を聞かず、また初めて耳にしているこの時でさえも淡々としている「僕」の冷徹さは異様である。この点に関して、荘中孝之は、描かれている世代間の対立に関して、「語り手は自分の意見を述べることなく、あくまでも中立的な立場から物事を冷徹に観察しているように思われる」と語り手の性質を分析する（一五四）。また「僕」の心情が日本から離脱している点に関し、平井杏子は、イシグロが日本文化の細部を描いているにも関わらず、「こうした舞台装置の背後から大きく膨れ上がってくるのは、青年時代のイシグロがなによりも憧れていたというアメリカの存在である」と指摘する（五七）。これらに付け加えるならば、アメリカに突破口を見出し、冷静に日本を見ている姿勢は、語り手が自己の中に持ち合わせている性格と考えるよりも、人々と記憶との交錯によって急遽作り上げられたものと思われるふしがある。

その論拠として、イシグロは日本と対極の位置にあるアメリカを約束の地として描いていない点に注目してみよう。カリフォルニアにいる恋人と思しきヴィッキー（その名のとおりアメリカの勝利＝victoryを体現しているキャラクターである）のことを妹のキクコに聞かれた「僕」はアメリカを生活の拠点としながらも、即座にその関係が終わっていることを告げる。「もう終わっているんだ……カリフォルニアにはもう何も残っていないんだよ」（七）と。またキクコはキクコで、自分には日本人のボーイフレンドがいて、その人物とアメリカへ行くことが決まっている旨を兄に伝えるが、この男性とはそれほど関係が深くないことも付け加えている。「ええ、好きだけど、一緒に長い時間過ごしたいとは思ってないの。ねえこの意味わかるでしょ？」（六）。兄妹が年老いた日本人の父を一人残してアメリカ行きを早々と進めていることを考えてみると、この妹の念をおすセリフと、そう関係が深くもない男性と突然思い立ったようにアメリカへ行く思惑には、単純に日本から早く逃げたいという本音が見え隠れしている。しかしながら、この会話はカリフォルニアには自分が望むようなことは何も残されていないという「僕」のセリフで締めくくることによって無限地獄のような感覚に突き落とされる。アメリカは彼らになにも約束していない。むしろここでは日本とのつながりを断つための刹那的な突破口として言及されているにすぎないのである。加えてクリフォードの「経路」のコンセプトに着目するならば、この兄妹は、敗戦を経験した祖国日本に対して、親を中心にして根のようにその文化の根源をたどろうなどという気持ちなど、もはや持ち合わせていない。むしろ経路のように横の兄妹との関係を保持し、充実させ、自分たちの生き方をなんとか肯定しようとしているのがうかがえる。アメリカという地理的場所には何の結論も見出すことはできないが、その方向へ共に向かうことによってわずかながらの展望を見出そうとしているのである。

井戸という家庭的空間も効果的な手法として本作に組み入れられている。庭を散歩し、古井戸に「僕」と一緒にたどり着いたキクコは、「僕」が以前この場所が呪われていると常に言っていたことを話す。構造的に地中に縦に深く建築されている日本の古井戸は、その底に語られざる呪われた一家の歴史を感じさせる。しかしそのようなお定まりの井戸の解釈に反するように、本作における古井戸の中にはなにもなく、直接母親の死とつながる記憶など存在していない。「幽霊なんていないじゃない」（七）と一蹴するキクコは、この場所で母のことではなく、父の友人で事業に失敗したワタナベという人物が一家心中をしたことを話し始める。この唐突さには、あたかもキクコが「僕」に何かを気づかせようとするような空気が込められている。

「ワタナベのおじいちゃんがどうなったか、父さんはお兄ちゃんに何も言わなかった？あの人何したかって？」

「ああ自殺したんだってな」

「でもね、それだけじゃないのよ。家族と心中しちゃったの。奥さんとかわいくて小さなお嬢さん二人とね。」

「え、そうなのか？」

「ええ。二人のかわいいお嬢さんと。寝ている時にガス栓をひねって、それから自分は肉切包丁で切腹したんだって。」

「ああそうだろうな。父さんもワタナベさんは信念のある人だって言っていたしな。」

「こんなの最低だわ」と妹は井戸の方に顔を向けた。（八）

キクコの話は井戸のように自分たちの家族の縦の歴史をさかのぼるのではなく、横の経路へとそれていく。父親の古くからの親友で仕事仲間であったワタナベという家族はこの一家と酷似しており、母の死を軸にキクコの意図はこの一家心中事件を自分たち家族の状況につなげようとしているのである。ここでイシグロは人間の記憶が常に縦の関係から時系列的にさかのぼるのではなく、横の記憶から作り上げられることをも示唆する。つまり自分と似た環境にある人間の過去の記憶の交錯によって自身のおかれた立場を理解していくという方法である。(6)

この兄妹の横の連想は、あたかも暗示するかのように本作の根幹である夕餉の鍋へと読者をいざなっていく。食卓に上る鍋は、同じ運命の中に家族全員が引き込まれる不吉な環を彷彿とさせる。父親は夕餉の鍋の魚の名前を明かしていない。河豚を食べて死んだ母親の話をしながら、同じような魚の鍋料理をふるまう父親の意図は際限もなく不気味である。あたかも一家心中を暗示するかのように、子供達をねぎらうはずの夕餉は殺戮の現場と化す予兆さえ帯びていく。

イシグロはエスニシティの回帰する場所であるはずの日本の家庭的空間を異空間と描くことで、親と子供の断絶を描いている。そしてそのような日常が非日常に変化していくホームランドを、日本とアメリカをまたぐ語り手に語らせることで、父親の敗北のナラティヴに共感し得ない語り手とその妹との経路的連帯を前景化している。

ヤマシタの「風呂」

一九八二年に処女作「夕餉」を執筆したイシグロよりも少し前の一九七五年に日系アメリカ作家カレン・テイ・ヤマシタが、やはり日本の家族とその非日常的空間に関して筆をとっているのは興味深い。ヤマシタの作品というとデビュー当時は『熱帯雨林の彼方へ』（一九九〇）からはじまり、『ブラジル丸』（一九九二）、『オレンジ回帰線』（一九九七）、そして『サークルKは回る』（二〇〇一）といった作品が批評などで取り上げられ、アメリカ合衆国に限定されないトランスナショナルな設定が議論の対象となっていた。さらに初期作品の日系表象に関しては、ブラジルがベースでありその主体形成がアメリカ合衆国のプランテーションや、第二次世界大戦の強制収容所といったアメリカ本土における日系特有の集合的記憶に根差していないことから、アジア系アメリカ文学から離脱した要素を示しているとされていた。

処女作である自叙伝的短編、「風呂」は、ヤマシタが一九七五年、日系ブラジル研究のためトーマス・J・ワトソン奨学金を得てアメリカからブラジルへ渡った、まさにその過程で書かれた作品である。本作の中心人物は、当時のヤマシタ自身を彷彿させる日系アメリカ三世の若い女性で、時代設定は「彼女」とその双子の妹が生まれてから大学生になるまで（正確には一九五〇年代から七〇年代まで）を取り扱っている。そして本作は双子の母方の女系の家族

——アメリカにいる母親、祖母、そして日本に在住するヤエという大伯母——と風呂との関係を「彼女」らと共に描いた成長物語のように見える。このような筋書きから察するに、風呂とは主人公の「彼女」にとって自身の日系性を見出すホームランド的空間と考えるのが通常の解釈といえるだろう。しかし本作における風呂は、そのような文化的根源としての機能はない[7]。

この短編はアメリカにおいて、母親が朝風呂を習慣にしているという記述からはじまる。風呂で裸になることは、何もないありのままの自分に戻ることを意味する。一週間に一度しか風呂に入らない父に批判されながらも、「彼女」の母はこの朝風呂の習慣を執拗に続ける。その理由として推察しうるのは、母親の収容者としての過去である。日系二世で、戦争経験者でもあった母親は、砂漠地帯で風呂に入ることが難しかった収容所時代を自身の記憶から洗い流すように、風呂に執着しているのである。そしてこれは同時に家父長社会である日系家族の妻という立場に対する母親の暗黙の反抗とも交錯している。しかし収容所に関して一切語らない母から、こうした風呂への執着の意味を娘である「彼女」が直接理解することはできない。歴史と家父長制から母を解放する「いい加減」な空間（一三八）としての風呂は、文化的根源である日本を懐古するという行為には繋がってはいかないのである。

こうした日系アメリカ人の母の風呂とは一線を画して、日本式の風呂は家族や他人と共有するという西欧文化にはない面をもった空間である。主人公にとって他人と共有する日本の風呂は、きわめて異文化的な場所であったにちがいない。「彼女」は日本を訪れた際に大伯母ヤエの家に滞在し、ここで初めて銭湯を体験する。日常では退役した帝国軍人の貞淑な老妻であるヤエも、銭湯におけるその肉体は老齢にもかかわらず活力に満ち、解放感に溢れている。他人と湯を共有するという日本の伝統的風呂には信頼感や連帯感がないと解放感は生まれない。普段はつつましい日本の女たちが、無造作に服を脱ぎ棄て、恥ずかし気もなくその裸体をさらす姿に「彼女」は圧倒されるが、そこで体験しているのは、世代間で伝授される日本文化やしきたりではなく、横の関係が重視される解放された女たちの共同体的意識である。実際に銭湯において「彼女」は、日本の家父長制から離脱した日本人女性の姿を発見する。ヤエによるとそのような飾らない日本人女性は「大根の花のような女」といわれるが、最近ではそうした女性がいなくなってしまったと嘆く（一四九）。ヤエの説明では、この女性性とは、快活さや力強さといった自律性を内に秘めながらも、「無垢」や「寡黙さ」でそれを隠し、日本という国家にしたたかに順応していく資質を指すのだそうだ（一四九）。しかしこれに対し「彼女はヤエがそのような花であったことはわかっていたが、自分はおそらくヤエの心にあるようなものではないことも了解していた」と自分を判断する（一四九）。ここでも「彼女」はホームランドとしての意味を日本の風呂に見出すことはできないのである。

風呂に入るという行為は、相手の考えを受けいれ容認する行為にも連関していく。作品後半では旅先で偶然知り合った二〇代の日本人青年、モト・クボと「彼女」との関係が描かれている。わざわざアメリカから駆け付けた双子の妹とともに、モトと「彼女」の三人は彼の長野県の軽井沢の山荘で嵐の一夜を過ごす。ここでモトが沸かす風呂に「彼女」と妹は入るが、その家の風呂にはいるということは相手の心情に文字通り「浸かり」理解する行為を表象する。ではモトの考える日本とはどのようなものなのか？「彼女」が家を訪ねた時は一九七二年で、同年二月の軽井沢では、連合赤軍による浅間山荘事件が勃発し、赤軍の五人の若者が浅間山荘の管理人の妻を人質に立てこもり、警察との銃撃戦を繰り広げていた。本作では浅間山荘に近い軽井沢のモトの山荘で、三人が戦々恐々としながら事の次第を思い起こしている光景が描かれている。「モトは山荘の若者に共鳴していた」（一四九）と「彼女」が報告するように、モトの日本とは、理想と革命の理念に燃え、日本政府に対峙しながらも、共産主義に盲目的に傾倒し、結果、破滅的最期を遂げる連合赤軍の若者の姿に表象されている。

このモトの沸かす風呂に入ることで「彼女」はモトの空間を共有し、彼が共感する日本を理解しようとするが、その試みは失敗する。ヤマシタはこの浅間山荘事件の全貌を「彼女」の立場から語りなおすことで、「彼女」なりの視点を提示している。事件の背景には、左翼革命思想の行き過ぎから生じた凄惨なリンチ事件が起こり、山荘に辿りつくまでに、この青年達は総括という名のもとに自分の同胞を一人一人虐待し殺害してもいたことが判明する。

後日談は、以下のような不気味な話となって表出した。この事件はどこか他の山荘で起きたことであり、赤軍のメンバーが、その私的な権力ゲームにおいて互いに争い、それは終いには一人一人に対する組織だった粛清と仲間の死体の埋葬にまでに及んでいった。そのゲームでは妊娠した女性も死を免れることができなかった。その女性の兄弟は殺された。そしてその体はバラバラにされ山腹に埋められたという。若い女が集団を率いていた。女の地味で厳しい顔が新聞のいたるところからじっとこちらを見つめていた。その顔を辛辣で怒りに満ちたものにさせているのはその地味な顔立ちだとさえ言った者がいた。（一五〇）

この描写は浅間山荘事件の直前に、連合赤軍の革命左派に属した女性リーダー、永田洋子らの指示によって実行された同志殺害事件のことを指す。革命思想に傾倒した青年達に単純に同情するモトとは異なり、「彼女」はあきらかに一定の距離を保ってこの事件を眺めている。そのような「彼女」の眼差しは、大伯母ヤエの言う「大根の花のような」、「何もない」、銭湯で見たような素朴な日本人の女性性を、新聞上の永田洋子の飾り気のない顔の中に認識してしまう。そしてそこには左翼思想によって解放された日本の新しい女性像などなく、不気味に変容した日本の女性性が忽然と存在しているにすぎない。アメリカにいる母親の「ありのままの自分」に戻る風呂、祖母の大根の花のような女性性が作り上げられる日本の風呂、そして永田洋子にみる左翼思想における女性像――風呂を巡る彼女の旅は、常に国家に抵抗する女性達の横の経路を顕在化させるが、そのどれに対しても「彼女」は伝統的な日本を見出すことができないのである。

結び

イシグロ、ヤマシタの七〇年代を設定にした処女作は、日系英米作家である彼らの日本に対する眼差しが交錯していたことを示唆する。通常の概念では日本の風呂や食卓といった家庭的空間は、伝統的な文化が認知されうる場所と考えられている。しかし彼らの視線はそうした空間を異空間として描くことで、自身のエスニシティに共感しえない思いを率直に吐露する。しかしそうした操作の中でも、両者が日本に対峙するアメリカという欧米文化を肯定することもなく、むしろそれが不在な状況をあえて演出していることは注目すべき点である。加えてこれらの作家は、伝統的な日本そのものを否定しているわけでもない。むしろ彼らは、等身大の登場人物たちをとおして、戦後のモダニティの中で変容していく日本文化を奇異の目でみているのである。第二次世界大戦における敗北によって日本の家父長制は崩れ、欧米的価値観が家族を支配していく。七〇年代になると、女性運動が盛んになり、それまで欧米に追従していた日本は、未曾有の好景気を迎え、高度経済成長を果たすことになる。そしてその資本主義に反抗する言説として左翼思想が台頭する。こうした変化とモダニティを通過した日本という国を目にした彼らは、きわめて不可解な感覚に襲われたにちがいない。

ジークムント・フロイト（Sigmund Freud）は、我々にとって奇怪なものは、未だかつて見たことがないものではなく、むしろ見慣れたものであるという見解を提示している。「不気味なものとは、何ら新しいものでも疎遠なものでもなく、心的生活に古くから馴染みなものであり、それが抑圧のプロセスをとおして心的生活から疎外されていたにすぎない」（二四三）。クリフォードも文化人類学的見地からこれと似たことを言っている。「民族誌的シュールレアリスムは、……対照的に、他者性の侵入すなわち意外性を呼び起こすことにより、見慣れたものを攻撃する。」（『文化の窮状』一八五一―一八九）。自身の文化を他者として見ることにより、見慣れているはずの自分の文化が見慣れないものとなって自分の前に立ちはだかる状況をクリフォードはシュールリアリスティックな瞬間ととらえる。日本が単なる祖国ではなく、敗北とモダニティの言説で表される時、英米の日系作家が見ていたものとは何であったのか？　イシグロにおいては、それは敗北の屈辱感に苛まれた父親が用意した不気味な食卓の鍋に象徴される、変容した日本の家族の残像である。ヤマシタに至っては、祖母が説く飾らない素朴な日本人の女性性は、その共産主義的なフレームをとおして、猟奇的な赤軍リーダーの姿にとって代わっている。このような日本の描写は、プロテストという行為から脱臼したナラティブが作り出す彼らの独自の視点といえるだろう。七〇年代ヤマシタとイシグロが見る日本とは、敗戦と高度経済成長を迎え、急激にモダニティにさらされていく日本というシュールな異国の祖国《ホームランド》なのである。

＊本稿は科学研究費助成事業（基盤C 研究課題番号：17K02562）の成果の一部である。

註

（1）この点に関し、イシグロは以下のように語っている。「……長編小説よりも短編小説を書く方が難しいということは十分に理解できます。……短編小説は、作家を思い切りさらけ出す媒体だと思います。」（『知の最先端』二〇一―二〇二）。

（2）ヒサエ・ヤマモトは一九八七年にチャールズ・クロウとのインタビューでブラジルを研究しているヤマシタをいち早く紹介している。（クロウ「メラス・インタビュー」八三）

（3）イシグロはセバスチャン・グロースとのインタビューで、自身がポストコロニアル作家として紹介されていることに疑問を感じ、自分はポストコロニアルという言葉を理解できていないと告白している（二六三）。

（4）Interview by Jean Vengua Gier and Carla Alicia Tejeda. 参照

（5）戦後直後のアメリカにおける日系社会に関しては、テツデン・カシマが「社会的記憶喪失状態」（social amnesia）と名付け、収容所に関して語らない姿勢を崩さなかったといわれている。（二一九）。

（6）この並列する横の記憶の経路の手法は同じ時期に書かれた『遠い山なみの光』の中にも描かれている。戦後直後の日本で、上の娘を自殺で亡くしたエツコは、今はイギリス人の夫と再婚し新しい生活をしているものの、日本で知り合ったサチコという女性の生きざまから、自分の問題を理解していく。

（7） ヤマシタの「風呂」に関しては以前に部分的に論じたところがある。風呂を逸脱的空間としてみる解釈に関しては拙論「逸脱的空間としての風呂—— Karen Tei Yamashita の "The Bath" におけるトランスナショナルな日系性」*AALA Journal* vol. 16. を参照されたし。

参考文献

Clifford, James. *Routes: Travel and Translation in the Late Twentieth Century*. Harvard UP, 1997

Crow, Charles and Hisaye Yamamoto. "A MELUS Interview: Hisaye Yamamoto." *MELUS* vol.14, no.1. 1987. pp.73-84.

Groes, Sebastian. "The New Seriousness: Kazuo Ishiguro in Conversation with." *Kazuo Ishiguro: New Critical Visions of the Novels*. Ed. Sebastian Groes and Barry Lewis. Palgrave MacMillan, 2011, pp. 247–264.

Ishiguro, Kazuo. *The Summer After the War / A Family Supper*. Annotated by Suguru Fukazawa. Tsurumi Shoten, 1984.

Kashima, Tetsuden. *Judgment Without Trial: Japanese American Imprisonment during WWII*. U of Washington P, 2003.

Lewis, Barry. *Contemporary World Writers. Kazuo Ishiguro*. Manchester UP, 2000.

Ling, Jinqi. "Asian American Short Fiction and the Contingencies of Form, 1930s–1960s." *The Cambridge History*

of Asian American Literature. Ed. Rajimni Srikanth and Min Hyong Song. Cambridge UP, 2016, pp.187–202.
Waugh, Patricia. “Kazuo Ishiguro’s not-too-late modernism.” *Kazuo Ishiguro:New Critical Visions of the Novels*. Ed. Sebastian Groes and Barry Lewis. Palgrave Macmillan, 2011, pp.13–30.
Yamashita, Karen Tei. “The Bath.” *Amerasia Journal* vol.3, no.1. 1975. pp.136–152.
——. “An Interview with Karen Tei Yamashita.” Interview by Jean Vengua Gier and Carla Alecia Tejada. *Jouvert*, 13, Jul, 2018., https://legacy.chass.ncsu.edu/jouvert/v2i2/YAMASHI.HTM
遠藤不比人「カズオ・イシグロと「不気味な」日本を巡る断章」『ユリイカ』七三四号（二〇一七）、八六—九四。
大野和基『知の最先端』ＰＨＰ出版、二〇一三年。
クリフォード、ジェームズ『文化の窮状：二〇世紀の民族誌、文学、芸術』太田好信、慶田勝彦、清水展、浜本満、古谷嘉章、星埜守之訳、人文書院、二〇一〇年。
荘中孝之『カズオ・イシグロ：〈日本〉と〈イギリス〉の間から』春風社、二〇一一年。
平井杏子『カズオ・イシグロ：境界のない世界』水声社、二〇一一年。
H・ベルクソン／S・フロイト『笑い／不気味なもの』原章二訳、平凡社、二〇一六年。
牧野理英「逸脱的空間としての風呂―― Karen Tei Yamashita の “The Bath” におけるトランスナショナルな日系性」*AALA Journal* vol.16. 2010. pp.39–46.

空飛ぶ円盤ホームランドを襲撃す

高野　泰志

0. They Are Here Already! You're Next!

二〇〇五年、興味深いことにＨ・Ｇ・ウェルズ（H. G. Wells, 1866–1946）原作の『宇宙戦争』（*The War of the Worlds*, 1898）が三本同時に映画化された。そのうちもっともよく知られた作品はスティーヴン・スピルバーグ（Steven Spielberg, 1946– ）が監督し、トム・クルーズが主演した『宇宙戦争』（*War of the Worlds*, 2005）であろうが、これに比べて知名度は低いながらもほぼ同時期にディヴィッド・マイケル・ラットの監督による『Ｈ・Ｇ・ウェルズ　宇宙戦争――ウォー・

オブ・ザ・ワールド――』（*H. G. Wells' War of the Worlds*, 2005）およびティモシー・ハインズの監督による『ザ・カウントダウン　地球大戦争』（*H. G. Wells' The War of the Worlds*, 2005）が作られている。同じ原作から三本の映画が同時に製作されるのはハリウッドの歴史上でもかなり珍しいことであるが、その四年前に起こった九・一一のテロがこれらの作品の制作を後押ししたことは間違いないだろう。ハインズ版はウェルズの原作に忠実であり、一九世紀のロンドン近郊を舞台にした作品であるが、ほかの二作はどちらも舞台をアメリカに置き換え、どちらの映画においても市民が異星人の攻撃をテロ攻撃だと勘違いする場面が描かれている。

アメリカに舞台を置き換えたこの二作品に特徴的なのは、どちらもエイリアンによる母国《ホーム》・地球襲撃を描くとともに、その結果離散することになった家庭《ホーム》を守る物語でもある点である。ラット版の主人公は天文学者であるが、結婚一〇周年を記念して妻と息子を連れてワシントンDCへ旅行する直前、謎の彗星が地球に襲来したことをきっかけに妻と息子だけを先に旅行に出発させる。物語は同様のエイリアン襲撃を扱った『インデペンデンス・デイ』（*Independence Day*, 1996）や『世界侵略：ロサンゼルス決戦』（*Battle: Los Angeles*, 2011）、『バトルシップ』（*Battleship*, 2012）などとは異なり、エイリアン撃退を中心にするのではなく、主人公の家族再会を中心に展開することになる。

図１　『宇宙戦争』(2005)

スピルバーグ版も同様であるが、家族のテーマはより強く強調されることになる。主人公は離婚しており、ふたりの子どもとの関係もうまくいっていない。別れた妻はすでに再婚しており、新しい夫とともにボストンの実家に行くあいだ、主人公が子どもを預かることになる。エイリアンが襲来するのはそのときであり、物語はエイリアンの攻撃や避難民の暴徒を避けながら、ボストンの元妻のもとに向かう様子を描き出す。そしてその過程で主人公は徐々に子どもたちとの家族の絆を取り戻していくのである。そして物語中で明らかに設定上の無理をしながら、墜落した飛行機や家族を探すビラが貼られた壁など、九・一一を想起させるモチーフを多用して、母国／家族《ホーム》に対するエイリアンの脅威とテロ攻撃の記憶を結びつけているのである。(1)

スピルバーグ自身が九・一一のテロを意識して撮影したと語っているように、[2]これらのエイリアン侵略映画はポスト九・一一における、脅威にさらされた母国《ホーム》／家族を守る映画であることは明らかであるが、一方で侵略者を撃退するハリウッド的スペクタクルに欠けている点で観客の不満を招いたことも事実であろう。[3]九・一一を連想させながらも、その後に撮られたエイリアン侵略映画と比べれば敵に打ち勝つカタルシスを提供しないという点で、スピルバーグのこの映画はアフガン戦争からイラク攻撃に至るアメリカの軍事行動と、それを支持する世論の流れとに逆らっているとも捉えることができる。この結末に対する不満は、[4]H・G・ウェルズの原作が敵の侵略というまだ見ぬ脅威への不安に基づいていたのに対して、スピルバーグの作品では九・一一というすでに起きた惨状への記憶の上に作られたという違いに由来するのであろう。未知の脅威への不安は作り手、観客／読者の双方に無限の想像力を招く一方、攻撃を受けた記憶はただ怒りと復讐という情動を煽るだけなのである。

本稿では、イギリスで書かれた『宇宙戦争』を中心とする「侵略物語」がアメリカ合衆国で繰り返し制作・脚色・語り直しをされていく過程を見ることで、そういった作品群がいかなる不安のもとで生まれ、いかなる不安を招いていったかを確認し、アメリカの大衆の抱く母国《ホーム》／家族に対する意識がいかに変容していったかを論じる。

1. For the Sake of Future History, If Any

そもそもH・G・ウェルズの『宇宙戦争』は侵略文学と呼ばれるサブジャンルに位置づけられる。侵略文学とは一八七一年にイギリス人のジョージ・トムキンズ・チェズニー（George Tomkyns Chesney, 1830–1895）によって発表された「ドーキングの戦い」（"The Battle of Dorking," 1871）に端を発し、今日に至るまで書き続けられている文学サブジャンルである。今日の文学史ではほぼ無視されているが、「ドーキングの戦い」の大成功以来、とりわけ第一次世界大戦の勃発に至るまで、このサブジャンルはヨーロッパで大流行したのである。

チェズニーがこの作品を書こうとした動機は一八七〇年の普仏戦争において、当時ヨーロッパ最強と言われていたフランスがプロイセンに敗れ、パリを侵略されてしまった衝撃に起因する。当時イギリス軍大佐であったチェズニーは、イギリスもまた侵略される可能性があることをフィクションとして描くことで、軍の改革を促そうとしたのである（クラーク 二一七）。

この作品は当初、雑誌『ブラックウッド』に掲載されるが、チェズニーの意図とは異なった受け入れられ方をする。軍の関係者よりもむしろ一般読者のあいだで非常な評判を呼び、瞬く間にイギリスのみならず、ヨーロッパやアメリカでまで翻訳、出版されることになるのである。雑誌掲載後にパンフレットとして出版されると八万部が飛ぶように売れ、「ドーキングの戦い」を模した類似の作品や続編などが無数に出版されるようになる（クラーク 三五）。ウェルズの『宇宙戦争』は、ウェルズの得意な科学的知識を生かしてSFとしてのひねりをきかせてあるが、ブラム・ストーカーの『ドラキュラ』（*Dracula*, 1897）などとともにこの系譜に属するとみなされている。(5)

イギリスにおいてこのジャンルをもっとも活用した作家はウィリアム・ル・クー（William Le Queux, 1864–1927）であろう。スパイ小説の創始者ともいわれるル・クーは生涯に一五〇冊の本を出版した多作の作家であるが（ブルーム 一一四）、一八九四年の『一八九七年のイングランドにおける偉大な戦争』（*The Great War in England in 1897*, 1894）を皮切りに、無数の侵略文学を量産している。もっとも成功を収めたのは一〇〇万部以上を売り上げた『一九一〇年の侵略』（*The Invasion of 1910*, 1906）であり、アラビア語や日本語を含む二七ヵ国語に翻訳された。作品ではドイツが敵国として描かれているが、ドイツ語版ではドイツ人読者に合わせて結末が変更された（クラーク 一一二）。この結末変更は、出版社の商業主義を映し出すとともに、作品の本質がその内容にあるのではなく、枠組みのほうにあるということをよく表している。すなわち個別の国や人物ではなく、交換可能な「機能」さえあればよいという点で、同じ鋳型から大量生産が可能な商品であったのである。

未来の戦争を描くこのジャンルがアメリカで最初に出版されるのは一八九〇年である。ヘンリー・グラッタン・ドネリー（Henry Grattan Donnelly, 1850–1931）は「打ちひしがれた国」（"The Stricken Nation," 1890）で、イギリスの侵略を受けて大敗するアメリカの姿を描き出した。これはチェズニーの例に倣った作品のひとつであり、敵国の侵略を受ける可能性を描き出して国民の不安をあおることを目的としている。ドネリーはチェズニーとは違って軍人ではないが、戯曲作家や新聞記者として活躍していた人物で、おそらく当時の侵略文学の流行に応じてアメリカを舞台とした類似の作品を書こうとしたのだろう。軍隊の再編を望んでいたチェズニーと同様、敗北したアメリカを描いた後、ドネリーは以下のような文言で作品を締めくくる。

> しかしひとつ言い残したことがある。それはこの作品を書いた目的である。アメリカの人民の前で国会議員の罪状認否を問いたい。彼らはその盲目と愚かしさのために沿岸大都市を無防備な状態にさらしたのであり、その責を負うべきである。何年にもわたって

修復費用の予算が下りなかったために、それらの都市の砦が廃墟へと崩れ落ちていく様子を黙認していたのだ。犯罪的なばかりに義務を怠り、愛国的な政治手腕を欠いていたために、国家にもたらされたこの恐ろしい災厄を招いてしまったのだ。したがって後世の人々の判断において、共和国崩壊の責任を負わねばならないのである。（ドネリー一九二）

ここでドネリーの言う「目的」は、おそらくチェズニーの模倣でしかなく、たんに流行をとらえることのほうが真の「目的」であったはずである。しかし同時に当時のアメリカは鋼鉄製の軍艦の建造が一八八三年に始まったばかりで、ようやく一八八九年に国会で軍艦の建造計画が検討され始めたという状況であった（クラーク 四三）。そして一八九八年には米西戦争へと突入するという帝国主義的軍事強国への過渡期にあり、そのような時代状況にこの「打ちひしがれた国」はぴったり合っていたとも言えるだろう。

さらにル・クーのベストセラーに倣って書かれたのがH・アーヴィング・ハンコック（H. Irving Hancock, 1868–1922）の全四巻からなる『合衆国の侵略』（*The Invasion of the United States*, 1916）である。ハンコックの作品は、それぞれの登場人物に軍隊内の階級以外の描きわけがほとんどされておらず、みな一様に勇敢で愛国心に燃えた若者としてしか描かれていない。アメリカ軍のとる作戦はことごとく成功するが、死体の山を築きながらも不気味なくらい自分の命を顧みないドイツ兵はその圧倒的な兵力で次々にアメリカの防衛線を突破していく。ハンコックはアメリカ兵のばかばかしいほどの勇敢さと超自然的なまでの有能さを描きながら、結末直前までの侵略の脅威をただひたすら兵力の差に帰するのである。

そして作中にはいたるところにチェズニーやドネリーの作品同様、侵略に対する備えをしてこなかったことに対する激しい非難がちりばめられている。たとえばフォリンズビー大尉は物語が始まったばかりの時点でアメリカ艦隊の劣勢について以下のように言う。

アメリカが最終的に完璧な壊滅状態に至るとすれば、そうなって当然だということを覚えておきたまえ。何年ものあいだ、アメリカは日々、今我々に差し迫っているような侵略に対する備えができていないと警告され続けていたのだ。我が国の軍の専門家は国会に対して、もっと規模の大きく性能のよい艦隊の配備を認め、敵の襲撃にもっと有効に対処できるような規模の大きな兵力を確保してくれるよう請願してきたのだ。しかし国会も国民も鼻で笑うだけだった……。（ハンコック 一一）

兵士たちはみな同様の意見を持っていて、ディヴィス少佐も「しかし国会は国民の無関心に後押しされて、あらゆる点で敵国よりも少ない軍備しかもたないことを当然視してきたのだ」（ハンコック 三八）と怒りをあらわにする。このような国会と国民の無関心に向けた怒りは、上級将校から高校を出たばかりの士官候補生の若者に至るまで、登場人物によって数ページごとに何度も繰り返される。おそらくこのような記述は、ハンコックが国の軍事力を憂いていたからというよりはむしろ、読者の不安をあおるとともに、登場人物たちが勇敢でありながら危機にさらされる状況を作るための都合のよい理由に過ぎないのだろう。

アメリカにおいてドネリーやハンコックが書いたような侵略文学がヨーロッパほどに流行しなかったのは、二〇世紀初頭までのアメリカがさほど侵略の脅威を感じていなかったことに由来するだろう（ヘリング 三八三）。しかしハンコックの『合衆国の侵略』の人気が非常に高かったこともまた確かである。当時の読者に侵略への不安があったとするならば、むしろその不安を生んだのは他国から実際に攻め込まれる脅威よりはむしろ、逆に他国に攻め入り、アメリカの覇権拡大の可能性に思い至ったためであろう。自国が侵略を準備しているからこそ、侵略される脅威が想像できるのである。『合衆国の侵略』が出版された一九一五年は、第一次世界大戦への参戦に向けてアメリカの世論が徐々に変化しつつあった時期である。むしろこの後、大西洋を越えて大量の兵士を送り込んだのはドイツではなく、アメリカのほうであった。

こういった侵略文学が煽ろうとする侵略への不安とは、結局のところ自国が他国を侵略したいという欲望の裏返しに過ぎない。普仏戦争をきっかけにイギリスにおいて侵略文学が生み出され、多くの読者が侵略される脅威を差し迫った問題としてとらえたとするならば、それはとりもなおさず自らの帝国主義的拡張への欲望が念頭にあったからであり、その欲望こそが防衛への危機感を生んだのである。したがってヨーロッパをはじめとする国々で大量生産された侵略文学において、敵とされる対象は隣国であったり火星であったり様々であるが、結局はすべて自分自身の欲望の投影であったともいえるだろう。ウェルズは侵略文学を書いた作家の中ではおそらくそのような状況に最も自覚的であった作家だろうが、『宇宙戦争』のしばしば引用される一節で以下のように述べている。

火星人たちをあまり厳しく批判する前に思い出さなければならないのは、我々の種族がいかに無慈悲かつ徹底的な虐殺を行ってきたかということだ。それは絶滅してしまったバイソンやドードーといった動物に対してだけでなく、未開の人種に対してもである。

タスマニア人は人間の姿かたちをしていたにもかかわらず、ヨーロッパの移民による殺戮戦争で五〇年の間に完全に消し去られてしまったのである。我々は火星人が同じような考え方で戦争を仕掛けてきたからといって、文句を言えるほど慈愛の伝道者であったろうか。（H・G・ウェルズ 五二）

この一節はよく論じられるように「語り手である主人公が地球人としての自分の立場を相対化する視点」であるというよりは（小野 一二三）、むしろ侵略における敵と自国の同一性を、自国を襲う侵略者とは侵略の欲望を抱く自分自身の似姿に過ぎないという事実を描き出しているようにも見えてくる。

このことはウェルズの火星人の造形が実は未来の地球人のそれであるという事実にも当てはまる。作中で「疑似科学的な評判を得ていたある思弁的な作家」が、火星人の襲来のはるか以前に、進化の果ての人間の姿を予想していたという逸話が語られる（H・G・ウェルズ 一五一）。この「作家」とはウェルズ自身のことであり、実際にウェルズはまったく同じ内容を論じたエッセイ「一〇〇万年後の人類」（"The Man of the Year Million," 1893）を発表している(6)。未来の人間の姿は、手足や消化器官が退化し、脳だけが肥大したタコのような形態になるというが、この姿が火星人とほぼ同じ姿なのである。「考えられる限りもっともこの世のものとは思えない生き物」であると言いながら（H・G・ウェルズ 一三二）、実際には地球人のなれの果てに過ぎないというのは、皮肉な状況でありながら侵略文学の本質を鋭く描き出しているとも言えるだろう。侵略に怯える人々の誰も気づかぬ現実とは、すなわち敵は自分自身であるということである。

第一次世界大戦をきっかけに軍事強国への道を歩み始めたアメリカでは、侵略文学よりはむしろラジオや映画といったほかのメディアに移植された侵略ナラティヴが広く普及し、人々の想像力を刺激することになる。次章以降で文学から離れてほかのメディアにおける侵略を検討していく。

2. Look to Your Sun for a Warning

一九三八年一〇月三〇日アメリカ東部標準時午後八時に放送が開始されたCBSラジオ「オーソン・ウェルズのマーキュリー劇場」は、アメリカ中をパニックに陥れたとして知られ

図2　オーソン・ウェルズ

ている。ウェルズ（Orson Welles, 1915–1985）が放送したのはラジオドラマに脚色された『宇宙戦争』であり、脚本を書いたのはハワード・コック（Howard Koch, 1901–1995）であった。多くのラジオ聴取者は、この放送をフィクションだとは思わず、実際に起こったことだと信じ込んだという。放送で最初の火星人が襲来したとされたニュージャージーや、その後火星人が向かうニューヨークの人びとは、いっせいに自宅から避難し、あるいは放送局に問い合わせの電話をし、神に祈りをささげた。翌日には新聞が一斉にラジオが虚偽のニュースを流したことによってもたらしたパニックの大きさを報道し、政治家はCBSがこのような番組を放送したことを非難した。この放送をきっかけに連邦通信委員会によるラジオ放送の規制が訴えられた（シュウォーツ 七―八）。

ラジオ放送が引き起こしたパニックの最大の歴史的事件として、この日の放送はいまだに頻繁に言及されるほど有名である。事件直後にはプリンストン大学で調査が行われ、その調査結果であるハドリー・キャントリルの『火星からの侵略』（*The Invasion from Mars*, 1940）は、社会学における古典として今でも読み継がれている。近年の研究では、実はこのときのパニックは当時の新聞記事やキャントリルの研究で推定されるほど大きなものではなかった可能性が示唆されているが[7]、それでもオーソン・ウェルズを一躍有名にし、直後のハリウッドでの大成功を導いたのである。

しかしこれら大衆に及ぼした莫大な影響は、O・ウェルズや脚本家のハワード・コックが意図していたものではなかった。このラジオ放送に関する研究を行ったA・ブラッド・シュウォーツも述べているように、「聴取者が『宇宙戦争』にどのように反応するか、予想できていたものなど誰もいなかった」（シュウォーツ 五一）。当初O・ウェルズはコックの脚本が気に入らず、放送直前まで退屈極まりないと考えていた（シュウォーツ 五九、六二）。コックの脚本はもともと火星人の襲来を通常の語りではなく、音楽番組の合間に割り込んできたニュース速報という形で描いていた。O・ウェルズはこのニュース速報をさらに本物らしくすることで、迫真性を増そうと考えたのである。その結果、番組がフィクションであることを明かしている冒頭のナレーションを聞き逃していたり、途中でほかの局からチャンネルを変えた聴取者が本物のニュースであると誤解したのだった。

ここでまずははっきりさせないとならないのは、このラジオ放送を通常の「作品」として分析することには大きな問題があるということである。この放送が歴史的事件となり、大きな問題を生じさせた原因は、製作者が描き出した「作品」にあるのではなく、不注意に聞いていた聴取者が自ら作り上げた集団的なイメージにあるのである。これは通常の「作品」の誤読とは本質的に異なったものであると言えるだろう。聴取者は「作品」に向き合っていたわけではなく、たまたま耳に入ってきた言葉から、もともと自分たちの抱いていた不安を構成してしまったのであり、製作者があらかじめ抱いていたイメージと聴取者が抱いたイメージとの関連は、もしあるとすればたんなる偶然のものに過ぎない。実際に聴取者の中には、ニュース速報が伝えている内容を火星人の襲来とすら考えず、ドイツ軍の侵略であると考えたものも多かったのである（シュウォーツ 七五）。また、パニックを起こしたうちの少なからぬ割合の人びとは、ラジオ放送を聞いたからではなく、ラジオ放送を聞いた人が拡散したうわさを聞いたことが原因でパニックを起こしたのである（シュウォーツ 八四）。

つまりこのラジオ放送が生み出したパニックの原因は、誰か単一の個人やグループに帰せられるべきではなく、当時のアメリカの社会状況とその影響下にあったすべての人びとにこそ帰せられるべきであろう。ハンコックの『合衆国の侵略』がそうであったように、このラジオ放送もまた大戦前夜に作られたものである。この四〇年前に書かれたイギリスの侵略文学が当時の時代状況において放送されるにふさわしい作品であると番組プロデューサーのジョン・ハウスマンとオーソン・ウェルズが考えたこと、そして当時のラジオ聴取者がラジオ番組を主要な娯楽と考えるとともに、ヨーロッパの戦況およびアメリカが関与する可能性を知りたくてラジオを聞いていたという事実（キャントリル 一五九—六一）、また第一次世界大戦でドイツやその毒ガス攻撃に対して抱いた恐怖の記憶、これらが合わさってこの日の歴史的現象を作り上げたのである。したがってO・ウェルズのラジオ放送の「作品」分析とパニックの考察はまったく別の学問領域であり、後者に関してはこれまでキャントリルをはじめ現在に至るまでなされてきたように、純粋に社会学的に追及されるべきなのである。

その後、真珠湾攻撃を経験するものの、第二次世界大戦はアメリカの華々しい勝利に終わるが、直後にアメリカ国民を待ち構えていたのは冷戦と次の戦争への不安であった。時代状況がさらに大きく移った後、この不安を投影するメディアはもはやラジオではなく、大きく技術的な進歩を遂げた映画であった。ここで映画はその不安を直接的に描き出すのではなく、自らの大規模な虚構性の背後に現実の脅威を隠すのである。ＳＦ映画の時代の到来である。

3. Kraatu Barada Nikto

スティーヴン・キング（Stephen King, 1947–）はエッセイ『死の舞踏』（*Danse Macabre*, 1981）において、自らの恐怖体験の根源について記している。「わたしにとって恐怖とは——わたしの頭の中に巣くっていた悪魔やブギーマンと違って現実の恐怖のことである——一九五七年一〇月の午後に始まった。まさにまさにぴったりの状況だが、わたしは一〇歳になったばかりだった。ちょうど一〇歳になったばかりだった。わたしは映画館にいた」（キング 一）。その日キングが見た映画は『世紀の謎　空飛ぶ円盤地球を襲撃す』（*Earth vs. the Flying Saucers*, 1957）であった。その映画はいよいよクライマックスの直前、急に上映が止まってしまう。通常なら客席の子どもたちが大騒ぎを始めるところだが、その日は何

図３『世紀の謎　空飛ぶ円盤地球を襲撃す』（1957）

も起こらなかったという。

そういった騒ぎは一〇月のあの日、何も起こらなかった。フィルムが壊れたのではなかった。たんに映写機のスイッチが切られたのだ。それから劇場の照明がついたが、そんなことは聞いたこともない事態だった。私たちは座ったままあたりを見回し、モグラのように照明に目をしばたたかせていた。

支配人がステージの中央に進み出て、両手を上げて――まるで必要もなかったにもかかわらず――静かにするよう求めた。（中略）

「お伝えしたいことがあります」震える声でそう話し始めた。「ロシア人が地球の周回軌道に人工衛星を打ち上げました。その名前は……スプートニクだそうです」

この情報は、完全なる墓場のような沈黙に迎えられた。（中略）

いまだに非常に鮮明に覚えているが、あの恐ろしい死んだような沈黙を引き裂くように、甲高い声が響いた。男の子だったか女の子だったかはわからないが、涙声になりながらも怯えた怒りを込めた声だった。「映画を映せ、そんなの嘘だ！」

支配人はその声が上がったほうを見ることもしなかった。どういうわけかそれが最悪の事態であったのだ。どういうわけか、それこそがその情報の正しさを示していた。ロシア人が我々より先に宇宙に行ったのだ。頭上のどこかに勝ち誇ったように警戒音を鳴らしながら鉄のカーテンの向こう側で作られ、打ち上げられた電気仕掛けの球体があるのだ。（中略）今頭上にあるのだ……そしてその名はスプートニクだという。支配人はもうしばらくそこに立っていて、わたしたちのほうを見ながらほかに何か言うことがあればいいのに何を言っていいのかわからないといった様子だった。それからステージを下り、間もなく映画が再開された（キング 三―九）

ずいぶん長い引用になったが、当時のポピュラーカルチャーと政治的状況が不可分に結びつくさまがきわめて鮮やかに描き出されたエピソードであると言えるだろう。

一九五〇年代はハリウッドで初めてSF映画が流行した時期に当たる。その理由に関しては大半の研究者の意見はおおむね一致していると言えるだろう。第二次世界大戦における原子爆弾の投下と、その結果としての科学・科学者への関心の高まり、大戦後の冷戦による緊張感、その結果としてのソヴィエト連邦と合衆国間での宇宙開発競争、核戦争への不安、共産圏への脅威とパラノイア、「空飛ぶ円盤」目撃例などが、一九四〇年代までは事実上ほとんど作られなかったといってもよいＳＦ映画の爆発的流行を支えていたことは間違いない[8]。上の引用でキングが回想する『世紀の謎』は、まさしくそういった社会状況の影響が明白に出ている例である。敵対的なエイリアンの操る空飛ぶ円盤がクライマックスで首都ワシントンを襲撃し、ペンタゴンや国会議事堂を破壊する映像は、まさしく当時のアメリカ人の不安を表象したものと言えるだろう。

五〇年代のＳＦ映画ブームを通して、地球を侵略しようとする宇宙人の物語は非常に多く作られた。代表的な作品のみ挙げると、『遊星よりの物体Ｘ』（*The Thing from Another World*, 1951）はその最初期の映画のひとつであるが、北極を舞台にし、宇宙から襲来した植物型の宇宙人が北極基地の人間に襲いかかる物語である。宇宙人は一見ボリス・カーロフ演じるフランケ

図４　『宇宙戦争』（1953）

ンシュタインを思わせるようなモンスターであるが、なかなかはっきりとその姿を映さない演出が効果的で非常にスリリングな佳作となっている。五三年にはH・G・ウェルズの『宇宙戦争』（*The War of the Worlds*, 1953）が、オーソン・ウェルズのラジオ放送と同様、アメリカに舞台を移して映画化される。これはこの時代最良のSF映画のひとつであるとともに、今日に至るまで作られてきた侵略映画の中でも最高傑作といってよい作品である。

しかし必ずしも五〇年代のSF映画がすべて好戦的で敵対的な宇宙人の襲撃を描いていたわけではなかったことも念頭に置いておかなければならない。そもそもこの時期のSF映画流行のきっかけとなったのはジョージ・パル製作アーヴィング・ピシェル監督による『月世界征服』（*Destination Moon*, 1950）であるが、[9] これは後の『二〇〇一年宇宙の旅』（*2001: A Space Odyssey*, 1968）の先駆けになるようなリアリズムに徹した作品であり、当時の最先端の科学的知識を集めて実際の月ロケット打ち上げがどのようなものであるかを映像で描き出している。ソヴィエト連邦に先駆けて月面着陸を成功させなければ母国がミサイル攻撃の脅威にさらされるという危機感がロケット打ち上げの発端となっている点で冷戦の影響が見られるが、作品の主眼は当時の観客の誰も見たことがなかった宇宙空間と月面を映像で見せることにあった。

一九五一年にはロバート・ワイズの名作『地球の静止する日』（*The Day the Earth Stood Still*,

図５　『地球の静止する日』（1951）

1951）が公開される。この映画は友好的な異星人を描いた初めての映画と言われており、空飛ぶ円盤で地球に降り立った宇宙人クラトゥは地球人が冷戦による核開発で宇宙にまで脅威を及ぼす可能性を憂いて地球にメッセージを持ってくる。平和の使者であるはずの宇宙人を、地球人は未知のものへの恐怖から暴力的に殺害しようとし、いったんはそれに成功する。しかし高度な科学技術をもつクラトゥは、連れてきていたロボット、ゴートの働きでよみがえる。物語の終盤でクラトゥはこのまま冷戦下で核開発を続けるといずれ破滅に至ると警告し、宇宙へと帰っていく。よく指摘されるように、クラトゥはいったん死んだのちによみがえって人びとに平和を説くキリストになぞらえられる存在なのである。

特に地球に害を及ぼそうとしない宇宙人を扱った映画はその後も『それは外宇宙からやって来た』[10]（*It Came from Outer Space*, 1953）や『姿なき訪問者』（*Phantom from Space*, 1953）などいくつか作られるが、いずれも異形のものに向き合った時、恐怖から攻撃を仕掛け、殺害する地球人の不寛容が描かれている。

一方で『地球の静止する日』と同様、宇宙人をキリスト、あるいは神になぞらえる作品として、『合衆国の恐怖・火星からの伝言』（*Red Planet Mars*, 1952）もあるが、これは前者とは異なって徹底した反共主義の映画として悪評が高い。作中でソヴィエト連邦は邪悪な存在とみなされ、宗教を弾圧する全体主義国家として描かれている。火星からのメッセージは実は神の声であることが明らかになり、全地球上で復活した信仰のためにソヴィエト連邦が崩壊し、冷戦の脅威がなくなって平和が訪れたところで物語が終わるのである。

また五三年の『惑星アドベンチャー　スペース・モンスター襲来』（*Invaders from Mars*, 1953）は、同じ宇宙人の襲来を扱った作品の中でも洗脳（あるいは宇宙人によるなりすまし）のモチーフを扱った最初の映画である。これは共産主義国家が国民を洗脳したうえで感情や自由を奪ってしまうのだという当時のアメリカ人の思い込みを描き出したものと言われている。この系統の作品は五〇年代を通して非常に多く作られた。たとえば『宇宙からの暗殺者』

（*Killers from Space*, 1953）、『ボディ・スナッチャー／恐怖の街』（*Invasion of the Body Snatchers*, 1956）、『金星人地球を征服』（*It Conquered the World*, 1956）、『世紀の謎　空飛ぶ円盤地球を襲撃す』、『宇宙船の襲来』（*I Married a Monster from Outer Space*, 1958）など、洗脳された人びとはいずれも感情を失って宇宙人にコントロールされるままに行動するようになる。[11]

このように、共産圏という他者を排除する方向に進むか、その状況に警告を発するかの違いはあるものの、当時のSF映画のほとんどが冷戦という社会状況を意識していたことは明らかであろう。ただそれを安直に時代状況の反映とだけ述べるのは明らかに単純化しすぎである。たとえば『世紀の謎　空飛ぶ円盤地球を襲撃す』の脚本を書いたのは、公開当時のクレジットによるとレイモンド・T・マーカスとされていた。実際に脚本を書いたのはバーナード・ゴードンであったが、ゴードンは赤狩りのブラックリストに載っていたために偽名でクレジットせざるを得なかったのである。宇宙人による洗脳や首都ワシントンへの襲撃は、共産主義によるアメリカ侵略の典型的表象と考えられているが、共産主義者と名指され、社会的地位を奪われた人物が脚本を書いている以上、これらの表象を反共思想の反映というだけで解釈できないのは明白であろう。[12]

映画は人びとの不安を掬い取って映像化するとともに、映画の観客もまた自らの不安や危

図6 『ボディ・スナッチャー／恐怖の街』(1956)

惧をスクリーンに投影し、独自のイメージを形成する。オーソン・ウェルズのラジオ放送が教えてくれるように、観客のイメージ構築は、映画製作者には完全にコントロールできるものではないのである。そしてO・ウェルズのラジオ放送とは異なり、この時代のSF映画は作品としての分析が可能であり、必要でもある。O・ウェルズの引き起こしたパニックは放送を事実上「作品」として鑑賞しなかった聴取者による反応であったため、作品分析とパニックの社会学的考察とは分けて考えなければならなかった。しかし五〇年代SF映画は作品として鑑賞されたものであることはもちろんのこと、製作者／観客と社会状況との相互作用の中で作り出され、そのことが解釈の豊かさを生んでいるのである。その結果、現実と表象が、作り手の意図をはるかに超えたところでさまざまに結びつき、複雑なイメージを形成していくことになる。その複雑で多様な解釈の可能性のために、この時代の映画は後に何度もリメイクが繰り返されるほど記憶に残るものとなりえたのである。[13] その結果、地球を襲う異星人はソヴィエト連邦の全体主義と結びつくだけでなく、同時期に行われていたアメリカのマッカーシズムをも想起させることになる。その典型的な例が『ボディ・スナッチャー／恐怖の街』であろう。この作品は謎の莢から現れた自分そっくりの物体に身体を乗っ取られてしまう物語だが、乗っ取られた後は感情を失い、怒りも愛も不安も持つことはない。このような複製人間の姿は、観客に共産主義の洗脳を受けたソヴィエト国民を想起させるとともに、赤狩りの不安の中で隣人と同じ「アメリカ的」行動をとろうとするアメリカ人の姿をも思い起こさせるのである。

そのようなふたつの見方が生じることは、製作者もあらかじめ想定していたことである。さらに主役を演じたケヴィン・マッカーシーは広告が消費者に画一的な行動を仕向けている風潮を風刺したものであると説明している。[14] ここからも明らかなように、襲撃する宇宙人というシニフィアンは特定のシニフィエに結びつくことなく、恣意的に人びとの想像の中を揺らぎ続けるのである。

作品と時代とのこのような相互作用は『ボディ・スナッチャー』に限らず、あらゆるメディアのほとんどすべての作品について言えることだが、とりわけ映画は複数の製作者の意図が錯綜する集団芸術であり、そういった側面が目立ちやすい。そして、中でもこの時代の社会的要請の強度と、大衆の中に醸成された不安の圧力が、五〇年代ＳＦ映画群をきわめて特徴的なものにしていると言えるだろう。

4. Keep Watching the Skies!

アメリカでは侵略文学はさほど流行することがなかったが、その一方で軍事大国化が進み、新しいテクノロジーと結びついた新興メディアとともに特異な侵略ナラティヴが生み出されることになった。現在に至るまでハリウッドでは無数の侵略映画が作られているが、最後にポスト九・一一時代の侵略映画と五〇年代ＳＦ映画との違いについて述べておきたい。冒頭でも触れた二〇〇五年の三本の『宇宙戦争』は、低予算の二本はともかく、もっとも高額の製作費をかけて作られたスピルバーグの作品を含めても、大きく進歩した技術で限りなくリアルに迫力ある映像が作られているにもかかわらず、五〇年代の作品と比較すると奇妙にも作品自体に魅力が欠けているのである。それは本稿冒頭でも述べたように、これらの作品がすでに起こったことの恐怖を描こうとしているためであろう。ニューヨークの世界貿易センタービルに激突した飛行機の映像は、それ自体がハリウッドの映画を思わせると言われたほど衝撃的な映像であったが、五〇年代SF映画が描き出したのはすでに起こった事実に関する恐怖の再現ではなく、これから起こるかもしれない可能性の恐怖なのである。いまだ起こらぬ可能性に向けられた不安は、たとえばトルーマン・カポーティの「マスター・ミザリー」(“Master Misery,” 1949)を見てもわかるように、[15]容易に観客や読者の根源的な恐怖と結びつくのである。結局スピルバーグ版をはじめ、九・一一以後に作られた侵略映画がテロを想起させるとするならば、テオドール・アドルノの言う「アウシュビッツ以後に詩を書くのは野蛮である」という非難がそのまま当てはまるような倫理的問題をはらんでいると言えるだろう(アドルノ 三四)。トラウマ的な惨劇を安易に想起させることによって作品の効果を高めることは、怒りと復讐心をあおることこそあれ、結局は悲劇の犠牲者を娯楽に解消するだけであり、決して解釈の多様性を生み出しはしないからである。

註

（1）クリストファー・オーも指摘しているが、エイリアン襲撃という非常事態になぜ旅客機が運航を続けているのか、また大量の避難民が流れ出すさなかに、家族を探すビラを貼ることに意味があるのか、説明がつかない（頁なし）。

（2）自作について語るスピルバーグのメイキング映像「再び、宇宙人襲来」（"Revisiting the Invasion"）は『宇宙戦争　スペシャル・コレクターズ・エディション』に収録されている。

（3）たとえば *The Guardian* のピーター・ブラッドショーは「この映画には世界もなければ戦争も描かれない」（"The whole film is a non-war of non-worlds"）と厳しく批判している（ブラッドショー　一六）。またクリストファー・オーも「これまでの映画の中でおそらくもっとも唐突でもっとも納得の行かないデウス・エクス・マキナ」と、作品の結末に批判的である（頁なし）。

（4）スピルバーグ自身も後にウェルズの原作の結末に対する不満を述べている（フレイクスほか　六七）。

（5）ウェルズは同じジャンルの作品として『空中戦』（*The War in the Air*, 1908）では飛行機が戦争の主要な兵器として活躍する未来を描き、『解放された世界』（*The World Set Free*, 1914）で原子爆弾の登場を予想している。

（6）最初は『ペル・メル・ガゼット』誌一八九三年一一月九日号に掲載され、後に単行本収録の際、「書かれていない本について」（"Of a Book Unwritten"）と改題された。このエッセイについてはドレイパー　五一―五二頁を参照。

（7）O・ウェルズのラジオドラマが与えた影響力に関する近年の研究についてはシュウォーツ 八―九頁、ゴスリング 五六―六七頁、バーソロミューとエヴァンズ 五一―五二頁を参照。

（8）たとえばマシューズ 八頁を参照。

（9）同じ一九五〇年には『謎の空飛ぶ円盤』（*The Flying Saucer*, 1950）も作られているが、この作品はアメリカで相次いでいた空飛ぶ円盤目撃例に材をとったものであり、実際にはそれがソ連の工作であったことが判明するという冷戦期スパイ映画であり、厳密にはSF映画とは言えない。

（10）日本では未公開であったが、レイ・ブラッドベリ（Ray Bradbury, 1920–2012）原作のこの作品は隠れた名作として知られており、近年やっと日本でもDVDが発売され、広く鑑賞されるようになった。

（11）紙幅の都合上、宇宙人が地球に到来する物語のみを扱ったが、実際にはもっと多彩な作品が作られていた。核実験によって巨大生物が目覚める、あるいは生物が巨大化する作品群、人類の側が宇宙に出ていく作品群、天変地異や隕石の衝突で地球が滅亡の危機に見舞われる作品群などである。

（12）ほかにも『地球の静止する日』で重要な役割を果たすバーンハート教授を演じたサム・ジャッフェもまたブラックリストに載っていた俳優である。さらにこの映画はバーナード・ハーマンが音楽にテルミンという楽器を用い、その不安定な音程で一気にこの楽器を有名にしたことでも知られている。テルミンはこの時代のSF映画やホラー映画の定番として使われるようになったが、そもそもこの楽器はソヴィエト連邦のレフ・テルミンが発明した世界初の電子楽器であり、ソ連のプロパガンダに用いられていたものである（竹内　二九）。もともと『地球の静止する日』は冷戦の対立構造を批判的に描いたリベラルな内容の映画であるが、ソ連の楽器が後にハリウッド映画で恐怖と不安をあおる典型的な装置として用いられるようになるのは皮肉な状況である。

（13）主なものだけ列挙すると、『地球の静止する日』は『地球が静止する日』（*The Day the Earth Stood Still*, 2008）として、『遊星よりの物体X』は『遊星からの物体X』（*The Thing*, 1982）として、『惑星アドベンチャー　スペース・モンスター襲来！』は『スペースインベーダー』（*Invaders from Mars*, 1986）として、『ボディ・スナッチャー／恐怖の街』は『SF／ボディ・スナッチャー』（*Invasion of the Body Snatchers*, 1978）、『ボディ・スナッチャーズ』（*Body Snatchers*, 1993）、『インベージョン』（*The Invasion*, 2007）と三度にわたってリメイクされている。また『マックイーンの絶対の危機《ピンチ》』（*The Blob*, 1958）は続編『悪魔のエイリアン』（*Beware! The Blob*, 1972）、およびリメイク『ブロブ／宇宙からの不明物体』（*The Blob*, 1988）が作られている。

（14）北島　一八四—八五頁を参照。北島の『世界SF映画全史』はゆうに一〇〇〇ページを超える大部の著作で、映画創成期からこの本の書かれた二一世紀初頭まで、ほとんどあらゆるSF映画を網羅した文字通り決定的なSF映画史である。

（15）カポーティは初期の短編で人間の根源的な恐怖をしばしば描いたが、「マスター・ミザリー」では他人の夢を買う男に対する恐怖が共産主義者のアメリカ社会への浸透に結びつけられている。高野を参照。

参考文献

Adorno, Theodor. *Prisms*. Trans. Shierry Weber Nicholsen and Samuel Weber. Cambridge: MIT P, 1983.

Bartholomew, Robert E. and Hilary Evans. *Panic Attacks: Media Manipulation and Mass Delusion*. Stroud: The History Press, 2004.

Bloom, Clive. *Bestsellers: Popular Fiction Since 1900*. New York: Palgrave, 2002.

Bradshaw, Peter. "Attack of the Bug Eyed Bores: Tom Cruise's Singing Is Just One of the Low Points in This Patchy Spielberg Epic, Says Peter Bradshaw." *The Guardian* (July 1, 2005): 16.

Clarke, I. F. *Voices Prophesying War: Future Wars 1763–3749*. 2nd Ed. Oxford: Oxford UP, 1992.

Donnelly, Hugh Grattan. "The Stricken Nation." *The Tale of the Next Great War, 1871–1914: Fictions of Future Warfare and of Battles Still-to-Come*. Ed. by I. F. Clarke. Liverpool: Liverpool UP, 1995. 62–92.

Draper, Michael. *H. G. Wells*. Hampshire: Macmillan, 1987.

Frakes, Randall, et al. *James Cameron' Story of Science Fiction*. New York: Insight Editions, 2018.

Gosling, John. *Waging* the War of the Worlds: *A History of the 1938 Radio Broadcast and Resulting Panic, Including the Original Script*. Jefferson, NC: McFarland Publishing, 2009.

Hancock, H. Irving. *The Invasion of the United States: Or, Uncle Sam's Boys at the Capture of Boston*. Philadelphia:

Henry Altemus, 1916.

Herring, George C., Jr. "James Hay and the Preparedness Controversy, 1915–1916." *The Journal of Southern History* 30.4 (1964): 383–404.

Hughes, David Y. and Harry M. Geduld. *A Critical Edition of* The War of the Worlds: *H. G. Wells's Scientific Romance*. Bloomington: Indiana UP, 1993.

King, Stephen. *Danse Macabre*. New York: Berkley, 1983.

Matthews, Melvin E., Jr. *Hostile Aliens: Hollywood and Today's News, 1950s Sience Fiction Films and 9/11*. New York: Algora, 2007.

Merry, Robert W. *A Country of Vast Designs: James K. Polk, the Mexican War, and the Conquest of the American Continent*. New York: Simon & Schuster, 2010.

Orr, Christopher. "The Movie Review: 'War of the Worlds.'" *The Atlantic.com*. Atlantic Monthly Group, 29 Nov. 2005. Web. 9 Nov. 2018.

"Revisiting the Invasion." Dir. Laurent Bouzereau. *War of the Worlds*. Paramount Pictures, 2005. DVD.

Shwartz, A. Brad. *Broadcast Hysteria: Orson Welles's* War of the Worlds *and the Art of Fake News*. New York: Hill and Wang, 2016.

Wells, H. G. *The War of the Worlds*. in Hughes and Geduld. 41–194.

——. "Of a Book Unwritten" ("The Man of the Year Million") in Hughes and Geduld. 290–94.

小野俊太郎『未来を覗くH・G・ウェルズ――ディストピアの現代はいつ始まったか』（勉誠出版、二〇一六年）
北島明弘『世界SF映画全史』（愛育社、二〇〇六年）
高野泰志「冷戦下のカメレオン――トルーマン・カポーティの同化の戦略」『下半身から読むアメリカ小説』（松籟社、二〇一八年）三一九―四二頁
竹内正実『テルミン――エーテル音楽と二〇世紀ロシアを生きた男』（岳陽舎、二〇〇〇年）

あとがき

本書は平成二八―三〇年度科学研究費補助金基盤研究（B）「「ホームランド」の政治学――アメリカ文学における帰属と越境の力学に関する研究」（課題番号16H03395）の助成により公刊するものである。このような形で研究成果を世に問うことができることをたいへん嬉しく思っている。まずは関係各位に厚くお礼を申しあげたい。

序文がいささか長くなったので、あとがきは簡潔にしておきたい。

筆者が九州大学大学院言語文化研究院に在職中、研究院長からの勧めもあって言文の同僚と四名で科研（B）に応募することにした。平成二七年夏のことである。みなさんお忙しい身なのだが、たいへん協力的で申請までとんとん拍子で進んでいった。何度か集まって相談した結果、研究課題は「ホームランド」に決まった。発案したのは岡本太助さんで、下條恵子さんの強力な後押しがあった。当初わたしは「ホームランド？」という感じでいまひとつピンとこなかったのだが、若い人には従っておくものである。高橋勤さんには申請内容の下書きを書いてもらったうえに、高野泰志さん、竹内勝徳さん、喜納育江さんの参加をとりつけていただいた。

採択決定後は、各メンバーがそれぞれの専門領域で課題に取り組み、全体での研究会を福岡で数回実施した。竹内さん、喜納さんにはそのたびに遠方にもかかわらず駆けつけていただいた。平成二九年夏には同志社大学の藤井光氏を特別講演講師としてお招きし、「アメリカ文学とホームランド」という公開ワークショップを開催した。また三〇年春には日本大学の牧野理英氏を講師としてお招きし、九州アメリカ文学会で科研メンバーによる「アメリカ文学と〈境界〉」というシンポジウムを行った。牧野さんにはそのご縁で本書にも寄稿していただいた。

三年間という短い期間でまとまった研究成果の公刊にまでこぎつけることができたのは、ひとえに研究メンバーの強力なサポートがあったからである。とくに昨年の夏以降は、お忙しいなかかなり短期間で本書のための原稿を準備していただいた。ご無理をお願いして申し訳ないなという気持ちでいっぱいだったが、ご協力に心より感謝したい。

最後になったが、開文社の安居洋一社長にはひとかたならぬお世話になった。窮屈なスケジュールでの本書の刊行を快諾していただいただけではなく、遅れがちな原稿をほんとうに辛抱強く待ってくださった。単純な言葉に深い感謝の念をこめてお礼を申しあげたい。ありがとうございました。

平成三一年一月

小谷　耕二

ま行

ら行

【その他】

『地球の静止する日』*The Day the Earth Stood Still* 256, 258, 265–66
『沈黙を脱ぎ落とす』*Shedding Silence* 164
『デイ・アフター・トゥモロー』*The Day After Tomorrow* 14, 28
「デルタの秋」“Delta Autumn” 126, 150
『天路歴程』*Pilgrim's Progress* 58
「ドーキングの戦い」“The Battle of Dorking” 239–40

な行

『ニュー・ワールド・ボーダー』*The New World Border* 27, 30–31, 34, 48

は行

『パシフィック・リム』*Pacific Rim* 14
『八月の光』*Light in August* 123
『響きと怒り』*The Sound and the Fury* 123
『フォークナーの地理学』*Faulkner' Geographies* 152, 157
「不気味なもの」 230
「風呂」“The Bath” 210, 213, 215–16, 224
『フロンテラス・アメリカナス』*Fronteras Americanas* 27, 34, 48
『文化の場所』 140
『ボーダーランズ / ラ・フロンテラ』*Borderlands / La Frontera: The New Mestiza* 179
『墓地への侵入者』*Intruder in the Dust* 125, 141–42, 144, 154, 159
『ボディ・スナッチャー／恐怖の街』*Invasion of the Body Snatchers* 259, 261–62, 266
『ホームランド—地理から見たアメリカの文化と場所』*Homelands: A Geography of Place and Culture across America* 3

ま行

「昔あった話」“Was” 131

や行

「夕餉」“A Family Supper” 210, 213, 216, 218, 224
『遊星よりの物体X』*The Thing from Another World* 255, 266

ら行

『ルーツ』*Routes* 217

『ウォールデン』*Walden*　55, 63, 65–69, 72, 74
「打ちひしがれた国」"The Stricken Nation"　241–42
『宇宙戦争』（原作）*The War of the Worlds*　235, 238–40, 245
『宇宙戦争』（1953 年版映画）*The War of the Worlds*　256
『宇宙戦争』（2005 年版映画）*The War of the Worlds*　235, 262
『宇宙戦争』（ラジオドラマ版）"The War of the Worlds" (The Mercury Theater on the Air)　248–49
『H・G・ウェルズ　宇宙戦争—ウォー・オブ・ザ・ワールド—』*H. G. Wells' War of the Worlds*　236, 262

か行

『外国陰謀説』*Foreign Conspiracy*　61–62
『ザ・カウントダウン　地球大戦争』*H. G. Wells' The War of the Worlds*　236, 262
『合衆国の侵略』*The Invasion of the United States*　242, 244, 250
『記憶への手紙』*Letters to Memory*　164, 167
『境界から世界を見る』　124
「熊」'The Bear'　126–27, 130, 150, 153
『クラレル』*Clarel: A Poem and Pilgrimage in the Holy Land*　94–95
『月世界征服』*Destination Moon*　256
『コッド岬』*Cape Cod*　75–77

さ行

『サークルKサイクル』／『サークルKは回る』*Circle K Cycles*　166, 169–70, 173–75, 177–78, 199, 224
『差し迫った脅威』*Imminent Dangers*　60, 62
『さらばマンザナー』*Farewell to Manzanar*　164
『慈悲なき民主主義』*Ruthless Democracy*　65
『市民スアレス』*Citizen Suárez*　18, 41
『死の舞踏』*Danse Macabre*　252
『ジョン・ブラウン伝』*John Brown: The Making of a Martyr*　134–35
『世紀の謎　空飛ぶ円盤地球を襲撃す』*Earth vs. the Flying Saucers*　252, 255, 259
『聖地のテント生活』*Tent Life in the Holy Land*　103

た行

『大理石の牧神』*The Marble Faun*　94

Tei Yamashita　8, 163–77, 179, 181–82, 184, 189–93, 198–99, 201–02, 204–06, 210–11, 213–17, 224, 227, 229, 231–33

ら行

ラシュディ、サルマン　Salman Rushdie　12
ラッド、バーバラ　Barbara Ladd　157
リン、ジンチ　Jinqui Ling　212
ルイス、バリー　Barry Lewis　215
レヴァンダー、キャロライン　Caroline F. Levander　15–16
ローチ、ジョゼフ　Joseph Roach　44–45, 49

【作品名・書名】

あ行

『I ホテル』*I Hotel*　166, 182–84, 189–92, 195–96, 198
『アイホテルの陥落』*The Fall of the I-Hotel*　188, 206
『アーサー王宮廷のコネチカット・ヤンキー』*A Connecticut Yankee in King Arthur's Court*　86, 111–12
『アブサロム、アブサロム！』*Absalom, Absalom!*　123, 146–47, 157, 159
『アメリカ人であるとはどういうことか』　4
『アメリカ文学のグローバルな再地図化』*The Global Remapping of American Literature*　6
『行け、モーセ』*Go Down, Moses*　125–26, 131, 139, 147, 149, 158
『イノセンツ・アブロード』*The Innocents Abroad*　85–87, 94–95, 101, 108–10, 112–13, 115
『インデペンデンス・デイ』*Independence Day*　13, 236
『ウィリアム・フォークナーと南部の風景』*William Faulkner and the Southern Landscape*　152
「ウォーキング」"Walking"　70

タン　Henry Grattan Donnelly 241–44

な行

ナポレオン三世　97–98, 100, 108–09, 113–14
野家啓一　153
ノストランド、リチャード Richard Nostrand　3–4

は行

ハウ、ウォーカー　Walker Howe　59
パウウェル、テイモシー Timothy Powell　65–66
パーカー、セオドア　Theodore Parker　63
バーバ、ホミ　Homi Bhabha 140–41
バニヤン、ジョン　John Bunyan　58
バンクロフト、ジョージ George Bancroft　81
ハンコック、H・アーヴィング H. Irving Hancock　242–44, 250
ヒューストン、ジーン・ワカツキ　Jeanne Wakatsuki Houston 164
平井杏子　219
フィシュキン、シェリー・フィッシャー　Shelley Fisher Fishkin 86–87, 110–11, 115
フォークナー、ウィリアム William Faulkner　8, 123, 125, 132, 144, 147–48, 151–52, 154, 157–59
藤平育子　148, 159
プライム、ウィリアム・クーパー William Cowper Prime　103
ブラウ、ハーバート　Herbert Blau　33
ブラウン、ジョン　John Brown 132–36, 159
ブラッドベリ、レイ　Ray Bradbury　265
フロイト、ジークムント Sigmund Freud　230
ヘーガン、ジョシュア　Joshua Hagan　124
ホーソーン、ナサニエル Nathaniel Hawthorne　94

ま行

マッカーシー、ケヴィン Kevin McCarthy　261
ミリキタニ、ジャニス　Janice Mirikitani　164
メルヴィル、ハーマン Herman Melville　79, 94–95
モース、サミュエル　Samuel Morse　56–57, 59–62, 64, 74, 80–81
モレッティ、フランコ　Franco Moretti　16–17

や行

ヤマシタ、カレン・テイ　Karen

川久保文紀　1, 4
キング、スティーヴン Stephen King　252, 254–55
クリフォード、ジェームズ James Clifford　217, 221, 230–231
クロウ、チャールズ　Charles Crow　232
グロース、セバスチャン Sebastian Groes　232
ゴードン、バーナード Bernard Gordon　259
ゴメス＝ペーニャ、ギレルモ Guillermo Gómez-Peña　26–27, 29–31, 38, 43–44

さ行

サイード、エドワード　Edward Said　86
サトルマイヤー、ロバート Robert Sattelmeyer　72
ジェイムズ、ヘンリー　Henry James　94–95
ジャイルズ、ポール　Paul Giles　6–7, 16, 86, 113
シャタック、レミュエル Lemuel Shattuck　80
スパノス、ウィリアム・V William V. Spanos　85–86, 88, 111–14
スピルバーグ、スティーヴン Steven Spielberg　235, 237–38, 262–64
ゼンダー、カール・F　Karl F. Zender　140
荘中孝之　219
ソロー、ヘンリー・デイヴィッド　Henry David Thoreau 8, 55–60, 63–72, 74–76, 78–81, 132, 134

た行

タリー、ロバート・T　Robert T. Tally, Jr.　151, 153–54
チェズニー、ジョージ・トムキンズ　George Tomkyns Chesney　239, 241–43
チャニング、エラリー　Ellery Channing　75
チョイ、カーティス　Curtis Choy　188, 206
チョウドリ、ウナ　Una Chaudhuri　11
ディーナー、アレクサンダー・C　Alexander C. Diener　124
テイラー、ダイアナ　Diana Taylor　15–16, 24, 27, 30, 45
ディロン、エリザベス・マドック　Elizabeth Maddock Dillon 49
トウェイン、マーク Mark Twain 8, 85–89, 92–93, 96–98, 101–02, 104–14, 116–20
ドゥルーズ、ジル Gilles Deleuze　40
トクヴィル、アレクシ・ド Alexis de Tocqueville　81
ドネリー、ヘンリー・グラッ

索　引

【人名】

あ行

アウスランダー、フィリップ　Philip Auslander　32–33
アダムズ、レイチェル　Rachel Adams　23, 25, 37, 48
アドルノ、テオドール　Theodor Adorno　263
アパデュライ、アルジュン　Arjun Appadurai　39
アンサルドゥーア、グロリア　Gloria Anzaldúa　48, 179–81
アンダーソン、ベネディクト　Benedict Anderson　5
アンビンダー、タイラー　Tyler Anbinder　63–64
イシグロ、カズオ　Kazuo Ishiguro　210–11, 213–14, 216–20, 223–24, 229, 231–32
ウェルズ、H･G　H. G. Wells　8, 235–36, 238–40, 245–47, 256, 264
ウェルズ、オーソン　Orson Welles　248–49, 251, 256, 260, 265
ヴェルデッキア、ギレルモ　Guillermo Verdecchia　8, 18, 20–21, 23–27, 34, 36–44, 48,49
ウォー、パトリシア　Patricia Waugh　214
ウォールズ、ローラ　Laura Walls　65–66
ウォルツァー、マイケル　Michael Walzer　4
ウォレン、ロバート・ペン　Robert Penn Warren　134–35, 159
エイケン、チャールズ　Charles Aiken　152, 154
エスタヴィル、ローレンス　Lawrence Estaville　3, 4
エマソン、ラルフ・ウォルドー　Ralph Waldo Emerson　63, 80, 132, 134–36
遠藤不比人　218
大澤真幸　2, 5
オサリヴァン、ジョン　John O'Sullivan　59

か行

カシマ、テツデン　Kashima Tetsuden　232
ガタリ、フェリックス　Félix Guattari　40
カポーティ、トルーマン　Truman Capote　263, 266

Leviathan: A Journal of Melville Studies, vol.18. no.1, 2016、「日本のサンタクロース――カレン・テイ・ヤマシタの『熱帯雨林の彼方へ』における非同化的日系主体とその贈与精神」(『アメリカ研究』第46号、2012年)

高野　泰志(たかの やすし)
九州大学大学院人文科学研究院・准教授
主要業績：(著書)『下半身から読むアメリカ小説』(単著、松籟社、2018年)、『アーネスト・ヘミングウェイ、神との対話』(単著、松籟社、2015年)、『ヘミングウェイと老い』(編著、松籟社、2013年)、『引き裂かれた身体――ゆらぎの中のヘミングウェイ文学』(単著、松籟社、2008年)

『環大西洋の想像力——越境するアメリカン・ルネサンス文学』(共編著、彩流社、2013年)、『コンコード・エレミヤ　ソローの時代のレトリック』(単著、金星堂、2012年)

竹内　勝徳（たけうち　かつのり）
鹿児島大学法文学部・教授
主要業績：(著書)『身体と情動——アフェクトで読むアメリカン・ルネサンス』(共編著、彩流社、2016年)、『環大西洋の想像力——越境するアメリカン・ルネサンス文学』(共編著、彩流社、2013年)、『クロスボーダーの地域学』(共編著、南方新社、2011年)；(論文)「“Clap eye on” Captain Pe(g) leg/Ahab— メルヴィルによる『白鯨』の原稿修正と反ナショナリズムの衝動」(『アメリカ文学研究』第46号、2010年)

喜納　育江（きな　いくえ）
琉球大学国際地域創造学部・教授
主要業績：(著書)『21世紀から見るアメリカ文学史』(共著、英宝社、2018年)、『沖縄ジェンダー学』第1巻〜第3巻(編著、大月書店、2014〜2016年)、『＜故郷＞のトポロジー』(単著、水声社、2011年)、『＜移動＞のアメリカ文化学』(共著、ミネルヴァ書房、2011年)

牧野　理英（まきの　りえ）
日本大学商学部・教授
主要業績：(著書)『エコクリティシズムの波を超えて——人新世の地球を生きる』(共著、音羽書房鶴見書店、2017年)『憑依する過去:アジア系アメリカ文学におけるトラウマ・記憶・再生』(共著、金星堂、2014年)；(論文)“Between Ishmael and Tashtego.”

執筆者紹介（執筆順）

小谷　耕二（こたに　こうじ）
福岡女子大学国際文理学部・特任教授

主要業績：（著書）『ジョン・ブラウンの屍を越えて　南北戦争とその時代』（共著、金星堂、2014年）、『ことばの楽しみ――東西の文化を越えて』（共著、南雲堂、2006年）、『日本におけるアメリカ南部文学研究書誌、1994-2001』（共著、九州大学言語文化研究叢書XI、2004年）；（論文）「フォークナーと手紙のエクリチュール」（『フォークナー』第9号、2007年）

岡本　太助（おかもと　たすけ）
九州大学大学院言語文化研究院・准教授

主要業績：（著書）『アメリカ文学における幸福の追求とその行方』（共著、金星堂、2018年）、『アメリカン・ロードの物語学』（共著、金星堂、2015年）、『あめりかいきものがたり――動物表象を読み解く』（共著、臨川書店、2013年）、『二〇世紀アメリカ文学のポリティクス』（共著、世界思想社、2010年）；（論文）「シェパード劇におけるパフォーマンスと表出的アイデンティティ」（『アメリカ演劇』28・29号、2018年）

高橋　勤（たかはし　つとむ）
九州大学大学院言語文化研究院・教授

主要業績：（著書）『身体と情動――アフェクトで読むアメリカン・ルネサンス』（共編著、彩流社、2016年）、『ジョン・ブラウンの屍を越えて　南北戦争とその時代』（共編著、金星堂、2014年）、

ホームランドの政治学
——アメリカ文学における帰属と越境　　（検印廃止）

2019年3月28日　初版発行

編　　者　小 谷 耕 二
発 行 者　安 居 洋 一
印刷・製本　創栄図書印刷

〒162-0065　東京都新宿区住吉町 8-9
発行所　開文社出版株式会社
電話 03-3358-6288　FAX 03-3358-6287
www.kaibunsha.co.jp

ISBN 978-4-87571-097-4　C3098